期限つきの花嫁

レベッカ・ウインターズ 作

真咲理央 訳

ハーレクイン・イマージュ

東京・ロンドン・トロント・パリ・ニューヨーク・アテネ・アムステルダム
ハンブルク・ストックホルム・ミラノ・シドニー・マドリッド
ワルシャワ・ブダペスト

To Marry for Duty

by Rebecca Winters

Published by Harlequin K.K., Tokyo, 2005

◇作者の横顔

レベッカ・ウインターズ　アメリカの作家。十七歳のときフランス語を学ぶためスイスの寄宿学校に入り、さまざまな国籍の少女たちと出会った。これが世界を知るきっかけとなる。帰国後大学で、多数の外国語や歴史を学び、フランス語と歴史の教師になった。ユタ州ソルトレイクシティに住み、四人の子供を育てながら執筆活動を開始。これまでに数々の賞を受けたベテラン作家である。

主要登場人物

パイパー・ダッチェス……カレンダー製作及び販売。

グリア・ディ・ヴァラーノ……パイパーの三つ子の姉。

マキシミリアーノ・ディ・ヴァラーノ……グリアの夫。弁護士。愛称マックス。

オリヴィア・ド・ファルコン……パイパーの三つ子の妹。

リュシアン・ド・ファルコン……オリヴィアの夫。ロボット・エンジニア。愛称リュック。

ニコラス・デ・パストラーナ……マキシミリアーノとリュシアンの従兄弟。銀行家で言語学者。愛称ニック。

ファン・カルロス・デ・パストラーナ……ニコラスの父親。

カミラ・ロブレス……ニコラスの元婚約者の妹。

1

八月
ニューヨーク州キングストン

「急なお願いですのに、お時間をとっていただいてありがとうございます、ドクター・アーナヴィッツ。精神科にかかるのは初めてなので、緊張してしまって」

医師は白髪交じりの頭を傾けた。「患者さんの緊張をほぐすのが我々の仕事ですよ。お悩みを話していただけますか？　まずはそこから始めましょう」

パイパー・ダッチェスは椅子に浅く腰かけ、手を膝の上で固く握り締めた。「なにもかもが問題なんです――」話しだすなり、紅潮した頬に熱い涙が伝った。医師が黙ってティッシュの箱を差し出す。彼女は一枚取り、涙をふくと、少し落ち着いたところでまた口を開いた。「生まれて初めて、私は本当に独りぼっちになってしまったんです。どうしたらいいのか、まったくわからなくて――」

「独りぼっちになったというのは、物理的な意味ですか、それとも、精神的にということですか？」

「両方です」パイパーは再びティッシュで涙をぬぐった。

「カルテによると、あなたは今二十七歳で、ご結婚はしていらっしゃらない。恋人、あるいは婚約者と別れたといったお話でしょうか？」

違うわ。

ニックとは、恋人とか婚約者といった間柄ではない。なにしろ、向こうは私になんの関心もないのだから。それどころか、スペインのパルマ・ブルボン家の末裔《まつえい》ニコラス・デ・パストラーナ――ニックは、出会ったときからずっと私を遠ざけていた。

「違います」パイパーは震える声で答えた。「でも、恋人と別れたときの気持ちというのは、きっとこんな感じなのでしょう」

「ご家族について話していただけますか？」

「両親は二人とも亡くなりました。姉妹のグリアとオリヴィアは結婚して、今はヨーロッパに住んでいます。オリヴィアのほうはついこの間、マルベリャで式を挙げたばかりで。私も三日前にスペインからニューヨークに戻ってきたんです」

「お一人で暮らしておられるのですか？」

パイパーはうなずいた。「ええ。春に父が亡くなったあと、姉妹三人で借りていたキングストンのアパートメントの地階の部屋に住んでいます」

「ご親戚《しんせき》はいらっしゃらないのですか？」

「はい。両親は結婚が遅かったので、親類縁者はもうみんな亡くなっているんです」

「つまり、あなたは文字どおり一人になってしまったということですね」

パイパーは胸がつまった。「ええ、いい大人がこんなことで落ちこむなんてと思われるかもしれませんが」

「いや、そんなことはありません。たいていの人は国内に身寄りの一人や二人はいるものです。あなたは何番目のお子さんですか？」

「私は次女です。といっても、私たち姉妹は三卵性の三つ子なんですけど」

「なるほど」

「こんなふうにまったく一人になったのは初めてで。姉や妹と離れて暮らしているという物理的な距離だけの話ではありません。精神的な問題なんです」

「三銃士の団結の時代は終わった。そんなところでしょうか？」

「ええ！」パイパーは思わず声をあげた。「まさにそういうことなんです。〝みんなは一人のために、一人はみんなのために〟私たちは固い絆《きずな》で結ばれていました。でも、二人が結婚した今は、以前と同じというわけにはいきません」

「そのことに、あなたは怒りを感じている？」

パイパーはうなだれた。「はい。こんなふうに言うなんて、我ながらひどい人間だと思いますけど」

「いや、正直な感想ですよ。もし怒りを感じていないと答えられても、私は信じなかったでしょう」

「といっても、二人の結婚の原因を作ったのは私なんです。だから私は自分自身を責めるしかなくて」

「お姉さんや妹さんの恋人の頭に銃を突きつけて、無理やりプロポーズさせたとか？」

パイパーは思わず吹き出した。「いいえ」

「だったら、なぜ彼女たちが結婚したのがあなたのせいになるんです？」

「それは……話せば長くなりますわ」

「時間はまだ二十分ありますよ」

二十分。早く要点に移ったほうがいいだろう。

「姉のグリアは、これまでずっと妹のオリヴィアと私に対して指導的な立場にありました。大学卒業後に三人で本格的にインターネット・ビジネスを始めようと言いだしたのも姉です。三十歳になるまでに百万長者になるというのが姉の計画でした。それまでは結婚などしてはいけない、すべてがだいなしになってしまうと、姉は言っていました。百万長者になることなど興味のなかったオリヴィアと私は、早く姉を結婚させなければと思いました。そうしないと、私たちまで結婚相手を見つけられず、両親のような幸せな暮らしを送ることができませんから。

姉の生き方を憂いていたのは父も同じでした。そこで私たちは、父が亡くなる前に、ある提案をしたのです。もしお金を残してもらえるなら、それを

〝花婿基金〟という形にしてはどうかと。法的な制約はただ一つ。それが伴侶《はんりょ》をさがすために使われるということです。この案に大賛成した父は、もちろん基金の発案者が私たちであることを姉には黙っていました。やがて父が亡くなり、その二カ月後の六月、私たち姉妹は、胸ときめくすてきな男性との出会いを求めてリヴィエラに旅行することにしました。すべては、百万長者になるなどという考えを忘れさせてくれる男性との出会いをグリアにもたらすためでした。父親の最後の望みを果たすためとあって、姉は旅行の話にのってきました。でも、結婚するつもりなどさらさらなかったんです。休暇中にプレイボーイの一人もつりあげ、プロポーズさせたところで、ぴしゃりとはねつけてやれば痛快だろう。そんな軽い気持ちでいたんです。

私たちも、姉の企てに協力するふりをしました。ところが、なんと、グリアはその旅行で、自分の理想を絵に描《か》いたような男性、パルマ・ブルボン家の末裔、マキシミリアーノ・ディ・ヴァラーノ――マックスと出会い、ついには自分から彼にプロポーズしてしまったんです！　二人はその一カ月半後には結婚し、今はイタリアに住んでいます。まったく、すばらしい出来事でした。これで、オリヴィアと私はニューヨークに戻って、自分の好きなことができるんですから。けれど、そう思った矢先……」パイパーの声が震えた。「オリヴィアがマックスの従弟《いとこ》、同じくパルマ・ブルボン家の末裔であるリュシアン・ド・ファルコン――リュックと恋に落ちてしまいました。二人は四日前に結婚式を挙げ、今後はモナコで暮らすそうです」

医師はうなずいた。「それでは、あなたは今や、本当に自由に自分のやりたいことができるわけだ」

パイパーの喉に嗚咽《おえつ》がこみあげた。「私はもう、自分がなにをしたいのかわからないんです」

医師は身を乗り出した。「三銃士の終わりは、あなたの少女時代の終焉《しゅうえん》を意味するのかもしれない。しかし、それは同時に、新しい世界を切り開いていく、大人の女性としてのパイパー・ダッチェスの人生の始まりでもあるのです。なに、ヨーロッパなど、近いものですよ。行こうと思えば、飛行機でひとっ飛びじゃありませんか」

「ええ、それはそうなんですが」でも、そこにはニックがいる。私は彼に拒絶されたのだ。

「インターネット・ビジネスはまだ続けているのですか？」

「ええ」

「どんなことをなさっているのか教えてください」

「私は画家なんですが、今はカレンダーのイラストを描いています。そのカレンダーには女性に受けそうなコピーがついています。たとえば〝仕事を片づけたければ、女性に頼め〟といったような。そのコピーを考えるのはグリアで、オリヴィアは営業担当です」

医師はほほえんだ。「景気はいいですか？」

「ええ。おかげさまで、国内では好調な売り上げを記録していますし、今後はヨーロッパのいくつかの都市でも販売する予定です」

「よかったですね。どうです、このあたりでお姉さんと立場を入れ替えてみては？」

「というと？」

「お姉さんは、三十歳までに百万長者になるつもりだった。そして、あなたは結婚したいと願っていた。だから今度はそれを逆転して、あなたが三十歳までに財を築いてみるんですよ。世界に目を向けてごらんなさい。南米、オーストラリア、極東。市場はまだまだたくさんあります。オフィスを構え、人を雇ったらいい。あなたは帝国の王となるんです。すてきな未来が待っているかもしれませんよ。このまま地下の部屋でくすぶりつづけていても、だれもあなたに同情なんてしてくれません。知性、才能、健康、美しい容姿、自分の望みを実現させる力。それだけのものをそろえている女性は、そうそういませんよ。あなたは、やろうと思えばなんだってできるんです。その、不健康な自己憐憫《れんびん》の情さえ取り除けば」

言われてしまった。ドクター・アーナヴィッツは痛いところを突いてくる。でも、それでこそ、三十分二百ドルの診察料を払うかいがあるというものだ。

三十分と言えば、もうそろそろ終了時刻だった。パイパーは今の話を自分なりにじっくり考えてみると約束し、礼を述べた。

父親が残した年代物のポンティアックを運転して家に帰る間、パイパーの頭の中には医師の言葉が渦巻いていた。〝あなたは帝国の王となるんです〟

アパートメントに着くころには心は決まっていた。私は三十歳までに百万長者になってみせる。ニックなんていなくても立派に生きていけることを証明するのだ。

玄関のドアを開けると、三姉妹がオフィス代わりに使っていた居間に直行し、ドン・ジャーディーンに電話をかけた。彼はグリアの元ボーイフレンドで、姉妹がアメリカ全土で販売しているカレンダーの印刷会社のオーナー兼経営者だ。

「もしもし、ドン?」

「ああ、パイパー……ヨーロッパから戻っていたんだね。向こうはどうだった?」

グリアのことはきかないのね。賢明な判断だわ。私も彼を見習って、グリアやオリヴィアにニックのことを尋ねたりしないようにしよう。

「オリヴィアはリュシアン・ド・ファルコンと結婚したわ。そういうことになったの。だから、フレッドにはあなたから伝えておいてもらえる?」フレッドというのは、オリヴィアの元ボーイフレンドで、ドンの親友だ。

長い沈黙のあと、ドンは言った。「二人目も陥落したのか。あの三人の従兄弟《いとこ》たちに受け継がれたヴァラーノ一族の遺伝子には、ダッチェス家の三姉妹にとってなにか致命的なものがあるらしいな」

ドンは私の心が読めるようだ。確かに三姉妹がそろいもそろって同じ一族の男性に心を奪われるなんて、なにか科学的な根拠があるとしか考えられない。

前になにかで、イギリスに住む双子の男性が同じ女性を好きになったという話を読んだことがある。その女性は双子のどちらも愛していたので、三人は一緒に暮らすことになり、以後幸せな生活を送ったという。当時、パイパーはその話を姉と妹に読んで聞かせ、三人で笑いころげたものだが、今はとてもそんな気になれない。

「私は姉や妹のようにはならないわ！」パイパーは息巻いた。

「それは、トムにはまだチャンスが残されているということかい？」

「いいえ」トムというのはパイパーの元ボーイフレンドで、やはりドンと仲のいい友達だ。以前は六人で一緒に水上スキーを楽しんだり映画を見に行ったりしたものだった。グリアがいつも言っていたように、グループ交際には危険がない。

確かに姉の言葉は当たっていた。というのも、ひとたびグリアがマックスとつき合いはじめると、三姉妹の長きにわたる団結はあっという間に崩れてしまったのだ。あとはまるで連鎖反応のようだった。まずオリヴィアがリュックの魅力のとりこになり、私が……。

ああ、なんとばかだったのだろう。これからは、二度と自分から男性に身を投げ出したりはしない。

「ちょっと仕事のことで話があるの。大きなビジネスよ」

「どのくらい？」

「私と一緒にシドニーと東京とリオに飛んで、その答えを確かめてみない？　結果によっては、今の事務所を会社組織にして、株式を上場しようと考えているの。興味が出てきた？」

「すぐに打ち合わせをしたほうがいいかい？」

「時間が空いているなら、今夜にでも相談したいわ。まずは有能な企業弁護士をさがさなくては」

「わかった。でも、ヨーロッパはどうする？」

パイパーは体をこわばらせた。「あの話は忘れて。私、ヨーロッパにはもう二度と足を踏み入れるつもりはないから」

「冗談だろう、パイパー。あっちにはお姉さんも妹さんも住んでいるのに」

「会いたいときは向こうがこっちに来ればいいわ」

「話が見えないな。先週君がスペインに出かけたのは、新規市場を開拓するためじゃなかったのか？」

「そういうつもりだったわよ。自分が計略にはまったと気づくまではね。この話はしたくないの」

「未来の共同経営者の僕には話す義務があると思うけど。計略ってなんのことだい？　そもそも、なぜ君がはめられなきゃならない？」

まだ冷めやらぬ怒りを覚えながら、パイパーは言った。「今回カレンダーのヨーロッパ方面の販売を請け負ってくれたシニョーレ・トゼッティは、ヴァラーノ一族の三人組が権力と金に飽かせて買収した人物だったのよ。リュックもうまいこと考えたものよね。彼はそうやっておいしい儲《もう》け話を餌《えさ》にオリヴィアをヨーロッパに呼び戻し、それまでの彼女に対するひどい仕打ちを詫《わ》びたの。その策略は見事に成功して、二人は今ハネムーンの最中よ！　あっちでカレンダーが売れたとしても、私はそんなお金なんてこれっぽっちもいらないわ。だって、シニョーレ・トゼッティと契約できたのは、私たちの実力が認められたからではなかったんですもの」

ヨーロッパであがる収益はすべてグリアとオリヴィアで分けてもらうつもりだ。ニックがかかわったお金なんて、私は一ペニーだって受け取る気はない！

「まあ、そんな気持ちにもなるだろうね」

「わかってくれてうれしいわ」

「僕は、君が思う以上に君のことを理解しているんだよ。君はやはりアーティストなんだ。それもすばらしい才能に恵まれたね」

「ありがとう」

「パイパー、君はいつかきっと有名になる」

策略にかかったとわかる前、オリヴィアもそれと同じことを言った。

〃あなたの絵がヨーロッパ中の人々に知られるようになったら、天国のパパとママもさぞ誇らしく思うでしょうね、パイパー〃

〃まだどうなるかわからないじゃないの。甘い夢を見るのはやめましょう〃

〃シニョーレ・トゼッティは、近い将来あなたの絵で大儲けできると踏んだからこそ、スペインまでの旅費を前払いしてくれたのよ。たった三日のうちにこれほどすばらしい作品を描《か》いたと知ったら、彼はあなたをどこにでも売りこむわ。フランスでも、スイスでも……〃

パイパーは受話器を持つ手に力をこめた。「カレンダーの絵を描いたくらいで有名になる人なんかいないわ」

「カレンダーは一つの足がかりにすぎない。君はそろそろほかの分野にも進出すべきだよ」

ドクター・アーナヴィッツと同じことを言うのね。

「どんな分野に？」

「テレビやインターネットの企業広告なんか、おもしろいんじゃないかな。世界に目を向ければ、可能性は限りない。大陸にまたがる巨大企業は、強大な会社にふさわしいイメージを描き出してくれるアーティストのためなら、百万、千万単位の報酬を支払うだろう」

パイパーは目をしばたたいた。「いつから私のことで、そんなに大きな夢をふくらませるようになったの？」

「〈ダッチェス・デザインズ〉のカレンダーの印刷を請け負ったときからさ。僕のあと押しで、君にはとてつもない才能があるんだ。それをいっきに開花させることができるかもしれない」

「なんだかやる気が出てきたわ。それじゃ、七時に迎えに来てくれる？」

「ああ。そのときに、これまで長い間温めてきた案をいくつか披露するよ」

「こういう話、グリアにしたことはあるの？」

「あると思うかい？」

「そうね。愚問だったわ」

グリアを動かせる人などだれもいない。そう、マックスを除いては。彼はまず、ピッチョーネ号でグリアにキスをして、その思考能力を完全に奪うという手に出た。そうしておいたところで、グリアを警察に逮捕させ、イタリアの留置場に一晩拘留させたあと、彼女を口説いたのだ。グリアを落とすのにこれ以上の方法はなかっただろう。かくして彼女は自分からマックスの胸に飛びこんだのだった。

一方、リュックの作戦は少し違った。とんでもない誤解でオリヴィアの心を深く傷つけてしまった彼は、嘘《うそ》の口実で彼女をヨーロッパに呼び戻した。そして、コグと名づけた自分のロボット・リムジンに彼女を閉じこめたのだ。その車には、オリヴィアの防御の砦《とりで》を突き崩すさまざまな仕掛けがほどこされていて、彼女はたちどころに陥落し、彼の謝罪を受け入れた。

まったく、困ったことに。

四人が幸せになったことは心から祝福したい。それは本当だ。でも、二人の義理の兄弟についてはあまり考えたくない。そんなことをしたら、いやでもニックを思い出して、つらくなってしまうから。

翌年一月二十六日
スペイン、マルベリャ

「セニョール・パストラーナ？」

「ああ、私だが、フィロメーナ」ニックはイベリア銀行の頭取室から出るところだった。先ごろ行った支店網の再編が功を奏し、銀行は今期もまた期待を上まわる利益をあげていたが、彼の心は沈んでいた。

「ニューヨークの〈クリスティーズ〉からお電話が入っております」ニューヨークと聞いただけで、ニックの脈拍数は三倍にはねあがった。「おつなぎしますか、それとも伝言を承りましょうか」

「つないでくれ」

「かしこまりました、セニョール」

回線がつながるのを待つ間、ニックは目を通していた銀行の金外貨準備高のファイルを閉じ、パソコンの電源を切った。

「セニョール・パストラーナ？」スピーカーホンからアメリカ人と思われる男性の声が聞こえた。

「はい、そうです。どうぞご用件を」

「〈クリスティーズ〉の宝飾品部のジョン・ヴァショムと申します。イタリア、コロルノのヴァラーノ一族の宮殿から盗まれたマリー・ルイーズ・コレクションの件ですが、あなた様からご通知を受けて以来、私どもはそれらしき宝石がないかと注意してまいりました。今朝、こちらのオークションに宝石付きの櫛《くし》が匿名で出品されましたので、盗難宝飾品データベースに当たり、あなた様からご提出いただいていた写真の品と照合したところ、どうやら同一のものと思われます。いかがいたしましょうか？」

　アドレナリンがいっきに体内を駆けめぐり、ニックは思わず立ちあがった。どういう奇跡か、たった今、ニューヨークに行くれっきとした理由を与えられた。亡きフィアンセ、ニーナ・ロブレスの家族との忌まわしいかかわり合いも、これでようやく断ち切れるというわけだ。今まで義務として続けてきたロブレス家への月に一度の訪問も、この先行う必要はない。もう二度と。

「迅速な対応、感謝します、ミスター・ヴァショム」ニックは無意識のうちに腕の喪章をはずし、屑《くず》籠《かご》に投げ入れていた。胸の興奮を必死でしずめる。

「米国中央情報局《CIA》の情報部員から一時間以内に連絡がいくよう手配しますので、それまではそちらで櫛を預かっていてください。くれぐれも他言無用でお願いします」

「おまかせください」

　ニックは腕時計に目をやった。アメリカ東海岸は今、朝の九時半だ。「私もこれからすぐにそちらへ向かいます。終業時刻までにはうかがえるでしょう。途中で連絡がとれるよう、携帯電話の番号を教えていただけますか？」番号を書きとめながら、ほかに連絡が必要な相手先を頭の中で整理した。そして、受話器を置くなり、イタリア警察に電話を入れ、今回の盗難事件の捜査に関して、警察官と秘密捜査官の一切を取り仕切っている主席捜査官のシニョーレ・バルツィーニを呼び出し、ＣＩＡへの連絡を一任した。

　続いて、イタリア屈指の宝石鑑定士、シニョーレ・ロッシに電話をかける。彼とは、ヴァラーノ家の自家用ジェット機でパルマからニューヨークに来てもらうことで話がついた。櫛が本物であるかどうかを判断できるのはシニョーレ・ロッシただ一人だ。

問題の宝石コレクションは、その昔、パルマ女公爵の所蔵品だった。パルマ女公爵は、別名オーストリア・ブルボン家のマリー・ルイーズとして知られており、ナポレオン・ボナパルトの二番目の妻としても有名だ。二年前のコレクション盗難事件は、ヴァラーノ一族に大きなショックを与えた。そのときから、ニックと従兄弟たちは警察や秘密捜査官の協力のもと、国際的な捜査網を張りめぐらし、犯人追跡に乗り出したのだった。

そして、去年の八月、ロンドンのオークションでコレクションの一つが見つかり、ニックは大枚をはたいてそれを取り戻した。だが、残念なことに、そのときは、大胆不敵な窃盗犯に結びつく手がかりはなに一つ得られなかった。

だが、こうしてアメリカで、再び盗品の一部が発見された今、本物かどうかはまだ定かでないにしろ、事件解決のなんらかの端緒が開ける可能性はある。

父親にも電話を入れたが、こちらは留守番電話になっていた。ニックは状況を説明したあと、次回の訪問日には行けないのでロブレス家の人々にうまく言い訳しておいてほしいと伝言を残した。〈クリスティーズ〉から連絡がきたとあっては、さすがの父も、ニーナの両親との約束を優先させろとは言えないだろう。

パストラーナ家とロブレス家の間には、互いにスペイン・ブルボン家の流れをくむ家系として、深い絆がある。しかし、たとえニーナの両親が古くからの一族のしきたりにのっとって、二十七歳になる娘のカミラを亡き姉のニーナの代わりにニックの妻の座にすえようとしても、もはやそのもくろみが実現することはないだろう。

車を手配すると、ニックは専用通用口から銀行を出てリムジンの後部座席に乗りこんだ。空港に向かう途中で、パストラーナ家専属のパイロットに電話を入れ、専用ジェット機の準備を頼む。

喪章という枷《かせ》をはずした解放感を満喫しながら、ニックは事の次第を話そうとマックスに電話をかけた。だが、こちらも留守番電話だった。いらだちをつのらせつつ、今後の自分の予定について伝言を残し、続いてリュックの番号を押すと、今度は三回目の呼び出し音のあと本人とつながった。

「今ちょうど、僕とオリヴィアも君に電話をしようと思っていたところだったんだ。この週末はマジョルカ島までセーリングしようと考えているんだが、一緒にどうだい？　日曜日、いつものロブレス家への訪問をすませたあとにでも来ないか？」

近ごろのリュックは、以前とは別人のようだ。オリヴィアとの結婚以来、彼は幸せの絶頂にいる。九月には子供も生まれる予定だ。これほど喜びに満ちたカップルをニックはほかに知らなかった。養子縁組の申請をして、あとは子供を待つばかりのマックスとグリアを別にすればだが。

「行きたいのはやまやまなんだが、ちょっと重大な用事ができてね。君にも知らせたいことがある」

数分後、ニックは〈クリスティーズ〉からの電話の内容を従弟に話しおえていた。

リュックはとたんに真剣な声になって言った。

「僕もこれからニューヨークへ行くよ」

「いや、だめだ。君とオリヴィアは二人きりの時間を楽しまなければ。君にこの話をしたのは、ただ、僕が調査のあとしばらく家には帰らないことを知っておいてもらいたかったからだ」

「どういうことだい？」

ニックは気持ちを引き締めるように大きく息を吸った。「僕の喪章はもうオフィスの屑籠の中で、じきにごみと一緒に捨てられる運命だと言ったら？」

「最高だ！」リュックは叫ぶように言った。「今までだって君はあんな古くさいしきたりに従っていることはなかったんだ。それで、これは僕が考えているような意味の話なんだな？」

「マックスの結婚式以来、頭にあるのはこのことだけだ」ニックは声をひそめて言った。

「パイパーの居場所がわからないんじゃないかい？先週、オリヴィアに電話をかけてきたときには、彼女、シドニーにいたよ。ニューヨークに戻っているかどうかはわからないな」

「きっと見つけてみせるさ。たとえオーストラリアに飛ぶことになったとしてもね」

「なにかわかったら、こっちからも連絡するよ。本当に僕はニューヨークに行かなくていいのか？」

「とりあえず、シニョーレ・ロッシの鑑定を待つよ。それでもしあの櫛が本物だったら、マックスも交えて対策を練ることにしないか」

「わかった。幸運を祈るよ」

従弟の言わんとしていることはよくわかった。今はまさに幸運に頼るしかないのだ。

リュックの結婚式以来、ニックはパイパーに一度も会っていなかった。暗くつらい過去を容赦なく思い出させるあのいまいましい喪章のせいで、彼女に対してなにも行動が起こせなかったのだった。

十一カ月と二十五日と七時間の間、ニックは律儀に喪章を身につけていた。去年の六月、ピッチョーネ号の船長として極秘捜査に当たっていた四日間を除いては。

アクアマリン色の瞳のとりこになるのに、四日間は十分な時間だった。あのとき、ニックと従兄弟たちはダッチェス家の三姉妹を追跡していた。彼女たちのことをヴァラーノ一族の宮殿から宝石を盗み出した犯人だと思いこんで。

これほど真実からかけ離れた話はなかっただろう。そして、その短い期間に、ニックの人生は一変した。

「今の僕には本当に幸運が必要だよ、リュック」

「なにか手は考えてあるのかい?」

「いい質問だ。厳密に言えば、僕はあと一週間は喪章をつけていなければならなかった。でも、これからしばらくスペインを離れるわけだし、喪章をつけていようがいまいが関係ない。関係があるのはパイパーだけだ。といっても、彼女が僕と口をきいてくれなければ、話は始まらないが」

「彼女の心をつかめる者がいるとすれば、それは君だけだ。じゃあ、またあとで話そう」

「パイパーと会えたら連絡するよ」ニックは自信ありげに言ってみたものの、内心は不安だった。彼女のこととなると、まったく確信が持てなくなるのだ。確かなのはただ一つ——彼女にまた会えるかもしれないと思うと、興奮に胸が高鳴るということだけだ。

服喪期間を終えた今、僕は望みのものを手に入れてみせる。だれにも、なににもじゃまさせやしない。

一月二十九日
ニューヨーク州キングストン

「おじゃましてすみません、パイパー。受付に男性のお客様が見えているんですが」ジャンが言った。彼女は〈ダッチェス・デザインズ〉の元北西部担当の卸売り業者で、現在はパイパーがドンと共同で設立した会社、〈サイバー・ネットワーク・コンセプト〉でアシスタントとして働いている。

作業台に向かってイラストを描いていたパイパーは、下を向いたまま応じた。「明日まで私は休暇扱いよ」

新規ビジネスを始めてから、パイパーは、ドンがまだ副業で続けている印刷会社のオフィスビルに拠点を移していた。以来、彼の隣のオフィスを与えられ、今日まで理想的な環境で仕事ができている。

「そうお伝えしたんですが、先方はあなたに会わせてくれの一点張りなんです」

「名前は名乗っているの？」

「それが……あなたを驚かせたいからと」

「強引なセールスマンの手口ね。たぶん〈ミッド・バレー・マシンズ〉のニューヨーク担当部長でしょう。このところ、自分のところの製品を買え買えってうるさいのよ。追い返してちょうだい、ジャン」

「会うまでは帰らないと言っています。本気みたいですよ」

「セールスマンはみんな本気よ。どうしてもって言うなら、ドンのところへ行ってもらって」

「彼ではだめだそうです」

「面倒な客ね。私たちはシドニーから戻ったばかりで仕事がたまっていると伝えてもらえるかしら。明日の火曜日なら会ってもいいから」

この六カ月間で、パイパーとドンは、オーストラリアや南米でビジネスを展開するアメリカ企業との間にすでに四件もの広告の大口契約を結んでいて、手に余るほどの仕事をかかえていた。

「でも、なにを言っても引きさがらないかと……」

いつにないジャンの弱気な口調が気になり、パイパーは顔を上げて彼女を見た。ジャンをオフィス・マネージャー兼カレンダーの国内営業担当のチーフとして会社に雇い入れたのは大正解だった。この、類《たぐい》まれなるビジネスの才覚を持ち合わせた、最近婚約したばかりのアシスタントにも、及び腰になることがあるとは驚きだ。

「ぴしゃりとノーって言ってやればいいじゃないの。なにを遠慮しているの？」

「彼には、なんというかオーラがあるんです。軽くあしらえない存在感のようなものが。外国人だからかもしれないですけど」

パイパーのうなじの毛が逆立った。「外国人？」

「言葉は少しなまりがある程度で完璧《かんぺき》な英語なんで

すが、たぶん、地中海沿岸の国の人だと思います」

「髪が黒っぽいの?」

「ええ。背が高くて……なんと言ったらいいか、女性が男性に望む理想そのものの姿をしているんです。はっきり言わせてもらえば、私がこれまで出会った中で一番魅力的な男性ですよ。あ、今の、ジムには内緒ですからね」

パイパーの手から木炭がすべり落ちた。こんなふうに表現される男性として思い当たるのは三人しかいない。そして、それはみんな同じ一族の人間だ。

「その人、フランス語なまりがある?」

「よくわかりません」

「情熱的な黒い瞳をしている?」

「いいえ、鋭い茶色の瞳です」

ああ、なんてこと!

パイパーはごくりと唾《つば》をのみこんだ。「もしかして、喪章をしているんじゃない?」

「もしょう?」

「喪に服すときにつける黒い腕章よ」

「いいえ。すてきなグレーのスーツを着ていらっしゃいますけど。こんなことを言うと変に思われるかもしれませんが、彼の立ち居ふるまいは気品にあふれていて、まるで……王族のよう」

パイパーははじかれたように椅子から立ちあがった。「あなたがたった今会ったのは、パルマ・ブルボン家の末裔、未来のパストラーナ公爵よ」さっきからジャンが天地の引っくり返ったかのような動揺ぶりを見せていたのも無理はない。パイパーはあわてふためいて続けた。「ジャン、今の仕事を続けたいんだったら、私にその婚約指輪を貸して。ほんの数分でいいの。彼が帰るまで、私はドンの単なる共同経営者じゃなくて、フィアンセよ! いい?」

ジャンはゆっくりうなずくと、上品なダイヤモンドの指輪を薬指から抜き取った。ジャンより細めのパイパーの指には、その指輪は少々ゆるかったが、そんなことはこの際問題ではない。重要なのは、それが婚約指輪であることだ。

「ありがとう。次のお給料日にはボーナスをはずむわ。さあ、行って彼を連れてきて」

今朝ジーンズに合わせて着たネイビーブルーのセーターの下で心臓が激しく鼓動を刻む。いったんデスクの前の椅子に座ったものの、パイパーはまたすぐに立ちあがった。さて、どんなふうにニックを迎えたものか。戸口に立つたくましい彼の姿をとらえたとき、再び椅子に腰を下ろしていたのは幸いだった。この震える脚では、とても体を支えられなかっただろう。

「あら、これはこれは」パイパーはなにげないふうを装って、自分から声をかけた。「ピッチョーネ号の船長さん」

2

「おはよう、セニョリータ・パイパー」

ニックにスペイン語特有の巻き舌で名前を呼ばれ、パイパーは体がぞくぞくした。彼の圧倒的な魅力の前には、どんな防御も意味をなさない。

「この間お会いしたのは、あなたがお屋敷の茂みに隠れて私を待ち伏せしていたときだったわね。リュックがオリヴィアに襲いかかるのをじゃましないように、私をあの二人から引き離そうとして」

あのとき、パイパーはひたすら願っていた。ニックが喪中の身であることなど忘れて、自分に襲いかかってきてくれるのを。彼女はニックのキスを死ぬほど求めていた。

ところが、ニックはキスをする代わりに、パイパーを敷地内のチャペルへ連れていった。そこには、グリアとマックスをはじめ、パルマ・ブルボン家の人々が勢ぞろいしていて、まもなく執り行われようとしているダッチェス家三姉妹の末娘と、ファルコン公爵家の長男との結婚式の開始を待っていた。

ニックもあの晩のことは覚えているはずだ。彼は、三姉妹がカスティリャ人のほほえみと呼ぶ、うっとりするような男らしい独特の笑みで私を悩殺した。

もっとも、本人も以前説明していたけれど、彼のことをカスティリア人と呼ぶのは間違いだろう。母方のヴァラーノ家の血筋はイタリア系であり、父方のパストラーナ公爵家の血筋は、同じスペインでも、カスティリア地方ではなく、南部のアンダルシア地方に根ざしている。

姉たちによれば、ロブレス家もまたスペイン・ブルボン家の流れをくむものとして王家の血統を主張しているとのことだが、その名声はパストラーナ家にはとても及ばない。

「アメリカくんだりまでわざわざお越しになったのはどういうわけ？　はるばる海の向こうからやってくるほどの緊急の用事があったの？」

ニックは毅然《きぜん》としたようすで顔を上げ、謎《なぞ》めいた視線をパイパーに向けた。少しやつれたようだが、以前にもまして魅力的だ。

「三日前からニューヨークに来ているんだ。例の盗まれたコレクションの一部が、今度は〈クリスティーズ〉に持ちこまれた」

「ダッチェス・ペンダントが出てきたの？」

「いや、見つかったのは櫛《くし》だ」

パイパーは、今まで忘れきっていたコレクションのことを思い起こした。そう、三姉妹でイタリア旅行に家宝のペンダントをつけていかなければ、それとうり二つのものがヴァラーノ一族の宮殿から盗まれたという事件を知ることもなかったし、三人の男性とかかわることもなかったのだ。

私がニコラス・デ・パストラーナと出会うこともなかった。

でも、あれほど心を傷つけられたにもかかわらず、私はもう彼を知らない自分など想像できなくなっている。

ニックに過剰な反応をしてしまう自分に腹立ちを覚えながら、パイパーは言った。「ヨーロッパへ遊びに来るよう説得してくれって姉や妹に頼まれてここに来たんだったら、とんだむだ骨だったわね」

「彼女たちは、僕がここに来ていることを知らないよ」

パイパーは冷ややかにほほえんだ。「当然ニーナのご家族もご存じないんでしょう？　あなたは二月まで喪中の身ですものね」彼女はニックの亡くなった婚約者の名前をわざと口にした。あのうだるような暑い日の午後、マックスとグリアの結婚式のあとで私をどんなふうに冷たく突き放したか、彼に思い出させてやらなければ。

私はあのとき、古い水車のある小川のほとりで、昼寝をしないかとニックを誘い、タキシードの上着を脱ぐのを手伝おうとした。だが、彼はその私の手を押し戻したのだ。そして、淑女は喪中の男性相手にこんなことはしないものだと鼻で笑ってから、君は悪名高きダッチェス家の三つ子の一人だから仕方がないとつけ加えた。

あの日受けた心の傷は、一生消えないだろう。私は彼を絶対に許さない。

ニックはパイパーの心を読んだかのように、男っぽいしぐさでさりげなくスーツの上着を脱いだ。パイパーの目は、そのがっしりとした肩に吸い寄せられた。見ると、紫がかったグレーのシャツの袖《そで》にも喪章はなかった。

「ごらんのとおり、僕はもう喪中ではないんだ」

「だまされないわよ。喪章をはずしたのは、ニューヨークで仕事があったからでしょう。マルベリャに帰る前に、私とここで昼寝をしてあの日の続きをする気になったからじゃないはずよ」

ニックが彫りの深い顔をしかめた。

やった。痛いところを突いたようだ。この勢いで、彼を追い払ってしまおう。

「今日、ここにやってきたのは、君に重大な頼みがあるからだ」ニックはいらだたしげに言った。「今後の僕らのことについて話をしたい」

「今後の私たちのことですって？」パイパーは思わず声を荒らげた。「そんなものはないわよ！　私はシドニーで婚約したの。淑女は、婚約者以外の男性と遊びまわったりしないものよ。私だってそのくらいの常識は持ち合わせているわ」

凍りつくような沈黙が広がった。ニックが疑わしげに目を細める。「嘘《うそ》だろう」

「なにが嘘だっていうの？　私にも常識があるってこと？　それとも、婚約したってこと？」

まんまとニックの足をすくった勝利感に酔いしれながら、パイパーはドンを呼び出すためにインターコムのボタンを押した。思いきった作戦だが、ドンは今回の私の失恋の経緯をすべて知っている。ここは、彼がうまく調子を合わせてくれるほうに賭《か》けてみよう。

「ドン？」

「やあ、〈アルフィーズ〉でランチをどうかって、ちょうど君を誘おうとしていたところだったんだ」

「まあ、喜んで！　でも、その前にちょっと私のオフィスへ来てもらえる？　スペインからお客様が見えているの。グリアとオリヴィアの結婚で親戚《しんせき》になったニコラス・デ・パストラーナよ。私たち、シドニーで婚約したでしょ。彼を紹介しておきたいの」

「すぐ行くよ」ドンは即座に請け合った。

さすがはドンだ。のみこみが早い。

ほどなくして、隣室につながるドアが開き、共同経営者が颯爽《さっそう》と入ってきて、パイパーをやさしく抱き締めた。パイパーはドンを見あげて言った。「ハニー、ニックに今、私たちの婚約のことを話していたところなの」指輪をはめた左手をわざとらしくかざしながら、ニックの方に向き直る。彼の顔に浮かんだ激しい怒りの表情に、パイパーは喜びを感じた。「こちらは私の婚約者のドン・ジャーディーンよ」

ニックはドンに軽く会釈をしたが、握手の手は差し出さなかった。「ジャーディーン……君はグリアのボーイフレンドじゃなかったかい？」

パイパーは一瞬めまいを覚えた。

「確かにデートをしたことはあります」

ドンの簡潔な答えに、ニックは苦々しく唇をゆがめ、パイパーに射るような視線を向けた。「〝みんなは一人のために、一人はみんなのために〟ってわけか。それがダッチェス三姉妹のモットーだものな」彼は深みのある声でゆっくり言うと、パイパーがその言葉の意味をはかりかねているうちに、彼女の左手を取って続けた。「すてきな指輪だ。でも、ちょっとゆるいみたいだね」そして、マジシャンさながらのすばやい動きで、さっとパイパーの指から指輪を抜き取ると、自分の顔の前に掲げてしげしげと観察し、そこに刻まれた文字を読みあげた。「〝ジャンへ、永遠の愛をこめて〟」

ドンは〝まあ、がんばって〟というようにパイパーの腰にまわした手に力をこめると、自分のオフィスへ戻っていった。

ドアが閉まるなり、ニックは言った。「まったく、君の頼みなら、なんでも聞くんだな」

パイパーは身をこわばらせた。「ドンに恥をかかせるなんて、ひどいじゃないの」

「ボスの権限を利用して部下の女性から婚約指輪を取りあげた君のほうが、よっぽどひどいと思うがね。さっき受付で僕と話しているとき、この指輪は彼女の指にはまっていた」ニックは指輪をぎゅっと握り締め、そのまま自分のポケットにしまった。

こんな見え透いた嘘に鋭い彼が引っかかるわけがないことくらい、わかっていたじゃないの。

「あなたは秘密捜査官にでもなるべきだったわね」

「僕も今、君に対して同じことを言おうと思っていたところだ。僕に力を貸せる人間は君以外にはいないと、ますます確信したよ」

「あなたがこうして、悪名高きダッチェス三姉妹の最後の独身娘にちょっかいを出しにキングストンを訪れているなんて、ロブレス家の人たちは夢にも思っていないでしょうね」

「まもなくわかるさ」軒先からつららが落ちるようなそっけない口調でニックは言った。

「どういうこと？」

「力を貸してもらいたいんだ。これはとても重要なことでね」

「それはさっき聞いたわ」

「お礼はちゃんとさせてもらう」

「金銭でつろうというならむだよ。あなたと従兄弟《いとこ》たちはシニョーレ・トゼッティを買収して、オリヴィアをヨーロッパに呼び戻した。あんな茶番が二度も通用すると思ったら大間違いだわ」

「いや、僕が考えているお礼というのは、子供に関することだ」

「子供？」

「ああ。君の姉さんと妹さんはじきに子供を持つ。君だって、そういう可能性は……」

パイパーは驚いて目をしばたたいた。彼はいったいなにが言いたいのだろう？「ドンとなにかあると思っているのなら、見当違いもいいところよ！

私たちはお互いをそういう目で見たことは一度もないし、そんなのグリアに失礼だわ。それに、仮に私がドンの赤ちゃんを産むようなことがあったとしても、あなたにお金を恵んでもらう必要なんてこれっぽっちもないわよ。私は立派に自活できるもの」

ニックの魅力的な口元に、人を小ばかにしたような笑みが浮かんだ。「君とジャーディーンがなんでもないことはもう十分わかったよ。今言いたかったのは、僕がお礼として、君に赤ん坊を持たせてあげられるんじゃないかってことだ」

私はなにか聞き違いをしているらしい。「どうして私が赤ちゃんを欲しがっているなんて思うの？それも、よりによってあなたの子供を？」

「オリヴィアが君に電話でおめでたのニュースを伝えたとき、僕も一緒にリュックの書斎にいたんだ。あのとき、たまたまスピーカーホンがオンになっていてね。オリヴィアから赤ん坊のことを聞くなり、君は喜びに泣き崩れた。そして、あなたは世界一幸せな女性だと言った」

「ええ、確かにそう言ったわ。だって、オリヴィアは、自分が好きになった男性に愛され、求められて結婚したんですもの。私が子供を欲しいと思うことがあるとすれば、そういう相手とめぐり合ったときだけだわ。ダッチェス家の三姉妹は、軽々しく男性とつき合ったりはしないの。そんなことはもうあなただってわかっているでしょう」

ニックは頭をかしげた。「君は前に、一緒に昼寝をしようと僕を誘った」

パイパーはうつろな笑みを浮かべた。「あれはそういう意味じゃないわ。あなたが真剣な気持ちで喪に服しているとは思えなくて、ちょっとふざけてみただけよ。そうでもしなければ、絶対に喪章をはずしてくれそうになかったから」こみあげる思いに、おのずと早口になっていく。「そもそもヨーロッパへ旅行に行ったのは、リヴィエラのプレイボーイをもてあそぶためだった。自分の魅力を試すという、ただそれだけの目的で、私はあなたに迫ったの。でも、私は結局、亡くなったフィアンセへのあなたの愛の深さを過小評価していたようね」彼女は肩をすくめた。「なんにせよ、あれは遠く離れた異国の地で起きたこと。もう関係ないわ」

ニックのハンサムな顔が陰りをおびた。「そうとも言えない。君の直感は初めて当たった。僕はニーナ・ロブレスを愛してはいなかったんだ」

「だったら、一年間ちゃんと喪章をつけていたのは罪滅ぼしのためだったというの？」

「そうだ」驚くほど強い口調で答えが返ってきた。

「なるほど」パイパーはちゃかすような笑みを浮かべた。「王家の末裔《まつえい》に生まれついた因果で、あなたは愛のない結婚を強いられ、自分を偽りつづけるしかなかったというわけね。かわいそうなニコラス。でも、王族の結婚ってそういうものだと思うわ」

「愛情で結ばれた夫婦も中にはいる」ニックはなめらかな口調で言い返した。「僕の場合は、事情が込み入っていた。我が家とロブレス家は縁続きで、長年、緊密な関係を保ってきた。ニーナと僕の結婚は、周囲からは当然の約束事とされていたんだ。だが、ニーナの早すぎる死が事態を複雑にした。セニョール・ロブレスが一族の伝統にのっとって、今度は妹のカミラを僕の妻にしようと考えはじめたからだ」

「なんだか聖書の話を聞いているみたい」

「実際、そういう部分があるんだよ」ニックは力なく言った。「僕の父もやはり、聖書の教えに深く傾倒している」

「それで、あなたはカミラのことも愛せないの？」

「ああ。僕にはほかに思いを寄せている女性がいるんだ。でも、彼女は僕の思いを受け入れてくれないから、どうすることもできない」

ニックにニーナ以外に好きな女性がいるという秘密は、ヴァラーノ一族の中でよほど厳重に封印されてきたに違いない。そうでなければ、グリアやオリヴィアの耳にも入っていたはずだ。パイパーは衝撃的な告白に打ちのめされ、急いでデスクの前の椅子に座った。そのまま立っていたら、胸の苦しみに耐えきれず、ニックの目の前でくずおれてしまいそうだった。

硬い声でパイパーは言った。「それで、頼みというのはなんなの、ニック?」

「僕の服喪期間はあと三日で終わる。カミラと僕を結婚させようという両家の企てを阻止するために、僕はマルベリャの家に花嫁を連れて戻りたいんだ」

「花嫁? それならなんの問題もないじゃないの。花婿候補としてあなたに目をつけているパストラーナ家にふさわしい家柄の女性は山ほどいるでしょ」

「だが、僕の希望にかなう女性はいない。君は貴族の称号を持たない女性の中で、僕が花嫁として家族に紹介できる唯一の人物なんだ。相手が君とあっては、みんな、あからさまに反対はできないだろう」

「姉と妹があなたの従兄弟の妻だから? それで私が花嫁に決定というわけ?」パイパーは顔を真っ赤にして叫んだ。

「まあ、それもあるが」ニックは穏やかな声で応じた。「僕の両親はすでに君と面識があるし、君のことを気に入っている。それに、ダッチェス家の三姉妹の経歴にも詳しいし、喪に服している間に、僕が二度ほど君と一緒に過ごしたことも知って――」

「ちょっと待って」パイパーは彼をさえぎり、勢いよく立ちあがった。「さっきの子供の話って、まさかあなた……私たちが実は前からひそかにつき合っていて、今は私のおなかに赤ちゃんまでいるってことにしようというんじゃ――」

「実際に結婚して、スペインに帰る途中で短いハネムーンにでも出かければ、まったくの嘘ではなくなる」パイパーの話が終わらないうちに、ニックは言った。「そういう状況であれば、妊娠している可能性もあると家族に言ってもおかしくないだろう。そして、僕の結婚は完璧《かんぺき》に既成事実となる」

パイパーはかぶりを振った。「冗談じゃないわ。そんな頼みを聞けるわけないでしょ。私があなたを愛していないってだけじゃなく、あなたにはほかに好きな人がいるっていうのに！」

「それがなにか問題かな？」

パイパーはあっけにとられた。「確かにあなたにとってはなんでもないでしょうよ。でも、私はいや。お互い相手を愛してもいないのに、結婚なんかできないわ。それに、私は今の生活に満足しているの。仕事も軌道に乗って、将来が楽しみなのよ。まったく、こんなばかげた話はどこをさがしたってないわ。カミラとの結婚から逃れる策略として、私が最も手近な駒《こま》だったからという、ただそれだけの理由で、私たち二人が愛のない結婚をして、夫婦のお芝居をするなんて」

気づまりな沈黙が流れた。ややあってニックが口を開いた。「君の気持ちはよくわかるよ。申し訳なかった。こんなに身勝手な、しかも、ともすると大きな危険が伴うかもしれない頼み事をしてしまって。もう二度と君をわずらわせたりはしないよ」やけに素直にあやまると、彼ならではの、どことなく横柄な会釈をしてドアへ向かった。

その効果はてきめんだった。

「ちょっと待ちなさいよ！」パイパーは戸口へ先まわりし、ドアに背中をつけて、ニックの行く手を阻んだ。「そんな爆弾発言をして、人をショック状態に陥れたまま、さっさと帰るの？」

パイパーは呼吸を整えようとした。ニックの口元にはうっすらと満足げな笑みが浮かんでいる。こうやってしじゅうからかわれているのだから、彼独特の、人を見下したような不愉快きわまりない表情にもいいかげん慣れていいはずなのに、あいにくいまだに体が燃えるように熱くなる。

パイパーは両手を腰に当てた。「わざわざ遠くから私に会いにやってきた理由はそれだけじゃないんでしょう。危険が伴うっていうのはどういう意味？　だれにとって危険なの？」

「僕ら二人にとってだ。もちろん、君の身に危険が及ばないよう、警備態勢は整えるつもりだったが」

パイパーはまたしてもうなじの毛が逆立つのを感じた。「警備態勢って？」

「必要な安全対策だよ」ニックは真剣な面持ちで答えると、茶色の瞳で彼女の視線をとらえた。「だが、もうこの計画は実行には移さないと決まったんだから、こんな話をしても意味がない。まあ、君が僕の妻になるのに同意していれば、家族の救世主となれたことだけは間違いないがね。そして、ゆくゆくはパルマ・ブルボン家の血を引く一族全員から感謝される立場になっていただろう」

「私は別に、人からの感謝なんて求めてないわ！」パイパーは勢いこんで言った。「私が求めているのはあなたの愛だけ。でも、それは決して手に入らない。

「貴重な時間をじゃまして悪かったね、セニョリータ・パイパー」ニックは仕立てのいいスーツの上着に袖を通した。「一人で出られるから見送りはけっこうだ」

ドアに伸びた彼の手が腕をかすめ、パイパーの体を電流のような興奮が貫いた。

「帰る前に、ジャンにちゃんと指輪を返しておいてね」パイパーはこわばった声で念を押した。

ニックは戸口で立ちどまり、彼女に向かって目を細めた。「もちろん」

なにが、もちろんよ！

パイパーは、ニックが閉めていったドアをにらみつけた。

彼はどうしてこうも厚かましいのだろう。まるで昔のスペインの横暴な貴族のように、人の領域にずかずかと入りこんできたかと思えば、パストラーナ家お得意の小ずるい策を弄《ろう》して、こちらをとんでもない要求に従わせようとする。

足元をすくわれないよう気をつけなければ！

屈辱の思いにいても立ってもいられず、パイパーは反対側のドアに向かい、ドンのオフィスをのぞいた。ドンが顔を上げ、彼女を見た。「自分がもうすぐ共同経営者を失うような予感がするんだが。いつかも言ったが、ヴァラーノ一族の遺伝子にはダッチエス家の三姉妹にとって致命的なものがあるんだ」

「はずれよ、ドン。彼は永久に戻ってこないわ。ここに来たのはあなたにあやまるためよ。さっきはあんないやな役割を押しつけてしまってごめんなさいね。今日はランチ抜きで仕事をするわ」

ドンのオフィスとの間のドアを閉めると、パイパーは作業台に向かった。心の痛みを忘れるには、仕事に没頭するのが一番だ。

それから四十五分ほどして、ジャンがオフィスにやってきた。「今からジムと昼食をとってきます」

パイパーは椅子から立ちあがると、デスクに歩み寄って財布を取り出し、二十ドル札をジャンに差し出した。「ランチは私におごらせて。指輪を貸してくれてありがとう。これはお礼の気持ちよ」

「そんな……どうぞお気遣いなく」ジャンは受け取ろうとしなかった。「お役に立ててうれしいです」

「ええ、おかげさまで、もう二度と彼につきまとわれることはないわ」

「彼につきまとわれたくないと思う女性は、世界中であなただけでしょうね」

「まあ、そうかもしれないけど、あの魅力的な容姿の裏にひそむずる賢さを知ったら、あなたも幻滅するわよ。去年の六月、三姉妹でピッチョーネ号という船に乗って旅行をしたとき、グリアは初めから彼のことを警戒していたの。あの二枚舌どころか三枚舌の色男についての姉の直感は正しかったと認めざるをえないわ」

「三枚舌？」

「ええ。あの男はフランス語、スペイン語、イタリア語の三カ国語を駆使して女性を口説くのよ」

「ほんとですか！」

「ええ。私が知るだけでも、彼は六カ国語を流暢《りゅうちょう》に操るわ。あと、〝色事〟方面以外の才能について言えば、彼はイベリア銀行の頭取にして、ラテン語とアラビア語のすぐれた言語学者なの。さらには長子相続制と紋章学に関する難解な書物も何冊か執筆しているわ」

「そんなスーパーマンみたいな人が本当にいるものなんですね。それで、あなたはどうして彼のことがそんなに気に入らないんです？」

「私に妻になってくれなんて頼んだからよ」

「まあ！」ジャンはまた大きな声をあげた。「なんてお幸せな……」

「そんなおめでたい話じゃないの。あの男には好きな人がいるのよ。彼は自分の片思いだって言っているけど、私は嘘だと思うの。きっと相手は意に染まない結婚に縛られている貴族の女性に違いないわ。ともかく彼は、家同士で決められた結婚、つまり、亡くなった婚約者の妹との結婚話から逃れるために、早急に別の相手を見つける必要があったのよ」

「そんな因習めいた話が今どきあるんですか？」

「パストラーナ家に限ってはあるようよ。服喪期間が終わった今、彼はまた婚約が可能な身になった。だから、仕事でニューヨークへ来たのをいいことに、ダッチェス三姉妹の売れ残りである私を救いの神として選んだのよ。それに――」パイパーは腹立たしげに笑った。「その妻としての役目には危険が伴うかもしれないなんて言うんだから、あきれるわ！」

「笑い事じゃありませんよ。亡くなった婚約者の妹さんというのが嫉妬《しっと》深いタイプだったら、大変じゃないですか。先月、ジムとメトロポリタン・オペラハウスで『カルメン』を見ましたが、気性が激しく、おっかない女性の話でした。きっとその妹さんというのも攻撃的で独占欲が強い人だと思いますよ。名前はなんというんですか？」

「カミラよ」

「いかにもという名前ですね」

「ええ、でも、彼はもう二度とここに来ないんだから問題ないわ。どうぞ、ランチを楽しんできて！」

ところが、ジャンは出ていかずに、戸口でもじもじしている。

「どうしたの？」もう色男の話は終わったのよ。

「あの、指輪を返していただきたいんですが。つけていなかったらジムに悪いですから」

パイパーの顔からさっと血の気が引いた。震える脚でゆっくりと立ちあがりながら、彼女は言った。

「私は……持っていないの」ジャンが唖然《あぜん》とした顔になる。「ニックに渡したのよ。彼、出ていくとき、なにか言ってなかった？」

「取り次いでくれてありがとうって言って、そのまま出ていかれましたけど」

ああ、なんてこと。

「指輪を取り返してくるわ。どんなことをしてでも」パイパーはくいしばった歯の間から言うと、ハンドバッグをつかんだ。「ランチに出かける前に、ドンに伝えてもらえる？　私はちょっと家に食事をとりに帰ったって」

パイパーは憤然と外へ出て、凍《い》てつくような寒さの中、車を発進させた。

〝もちろん〟ジャンに指輪を返しておいてと頼んだとき、ニックはそう言った。人を出し抜くことなど、彼にとっては罪のうちにも入らないのだろう。

ニックはパイパーのアパートメントの前に車をとめた。さて、どのくらい待つことになるだろう？　口元にいたずらっぽい笑みが浮かぶ。それは、いつジャンがパイパーに指輪を返してくれと言うかによる。

そのとき、レンタカーのバックミラーに、パイパーの車が映った。よし！　やはり、とどめの一撃を与えるのはオフィスの外がいい。

パイパーはニックのすぐうしろに車をとめ、降りてきた。レンタカーに向かって歩いてくる彼女の姿を、ニックはサイドミラーで確認した。

従兄弟たち同様、黒い髪と黒い瞳が特徴的な地中海の女性たちに囲まれて育ったニックにとって、ダッチェス家の三姉妹のきらめく金髪はこの上ない魅力だった。紅潮した頬のまわりで軽やかに揺れるさまが心をそそる。日の光を受けずとも、その髪は明るく輝き、彼の目を釘《くぎ》づけにした。

ニックは、この三姉妹の一人のすらりとした体と宝石のような瞳が好きだった。初めて彼女の目を見たとき、いつも自分や従兄弟たちがセーリングを楽しんでいるチンクエテッレの光り輝くブルーグリーンの海を思い出した。

しかし、ピッチョーネ号でパイパーと出会った去年の六月から今まで、彼女を眺めることこそあれ、体に触れたことは一度もない。激しい欲望のうずきを抑えるのに、ニックは自制心の限りを尽くさなければならなかった。

喪章をはずした今、自分が抑制を失っているのがわかる。パイパーを抱き締め、愛を交わしたいという欲求に、体が震えていた。

ニックの妄想の対象が近づいてきて、ためらうことなく運転席の窓をたたいた。彼はボタンを押して窓を開けた。

一度心ゆくまで味わってみたいと思っていたパイパーのふっくらとした唇は、怒りで固く引き結ばれている。

「ジャンの指輪を持ち去る権利なんてあなたにはないわ」

「ああ。だから、指輪は君の共同経営者に渡してきたよ。君がオフィスを出たらジャンに返してやってくれと言ってね」

パイパーの瞳がオーロラのようにまばゆい光を放った。

このままでは、パイパーは車に戻るか、アパートメントに引きあげるかしてしまうだろう。ニックは運転席を出てパイパーのもとへ向かった。そして、欲望に突き動かされるように、背後から肩をつかんで彼女を胸に引き寄せた。

「放して。人が見てるわ」

「かまうものか。まだ話は終わっていないんだ。オフィスのような人目につく場所じゃなくて、どこか二人きりになれるところに行きたい。選択肢は二つ。君のアパートメントか、僕の泊まっているキングストン・ホテルの部屋かだ」

「ホテルなんていやよ」

「わかった。じゃあ、君のアパートメントにしよう」パイパーの自衛本能は、同じ会うなら、自分の縄張りのほうがましだと判断したらしい。以前から彼女の住まいを見たいと思っていたニックとしては、願ったりかなったりのなりゆきだった。

しばしパイパーの腕の感触を楽しんでから、ニックは手を離し、彼女について建物の横の階段を下りた。

パイパーが部屋の鍵《かぎ》を開けた。「二、三分しか話せないわよ。ドンと大事な打ち合わせがあるから、オフィスに戻らなくちゃならないの」

「その打ち合わせなら、なくなったよ。彼には、君はもう今日は戻らないと言っておいた」

鼻先でばたんとドアを閉められる前に、ニックはすばやく部屋の中にすべりこんだ。温かみのある居心地のよさそうな居間だ。そこでふと、大きな油絵を見つけて足をとめた。晩年の自分の両親を描いたものに違いない。

もうずいぶん前のことになるが、ニックはマルベリャの屋敷の書斎の引き出しにパイパーのカレンダーのサンプルをこっそりしまいこんでいた。パイパーが恋しくてたまらなくなったときは、それを取り出し、すばらしいイラストに見入っては彼女を身近に感じていたものだ。

だが、今、壁に飾られている絵を見て、ニックはパイパーが肖像画家としてもすぐれた才能を持っていることに気づいた。それは、ダッチェス家の三姉妹をこの世に送り出した夫婦の魅力的な姿を見事に描き出していた。

ニックは咳《せき》払いをした。「愛し合っている夫婦は長年連れ添ううちに顔が似てくることがある。本当に不思議だね。君にもご両親と似通っているところがたくさんあるよ」

パイパーは腕組みをしてコーヒーテーブルの横に立っている。その姿は、まるで園児たちが静かになるのを待っている幼稚園の先生のようだ。

「人をだましてまでやってきたんだから、早く本題に移りなさいよ。ここに訪ねてきた本当の目的はなに？　私にどうしてほしいの？　さっきからあなたの言うことはちっとも要領を得ないわ」

「ああ。僕はあえて話をぼかしていたんだ。自分の望む場所に君を連れていくまではと思ってね。実は、例のコレクションの盗難事件についてニューヨークで情報を収集していたら、驚くべき事実が発覚した」

「それで？」パイパーはうんざりした口調で促した。早く話を終えて、部屋から追い出したいらしい。ニックには、彼女がいらだたしげに爪先で床をこつこつとたたく音が聞こえるようだった。だが、こちらには切り札がある……。

「ニーナの命を奪ったコルティナのスキー場でのゴンドラ事故だが、あれは、実は事故などではなく、仕組まれたものだったんだよ。そして、犯人の目的は、ニーナと僕の両方を殺すことにあったと考えられるんだ。でも、運命のいたずらで、あの日ゴンドラには、僕ではなくリュックが乗ることになった」

3

「ニーナは殺されたっていうの？」パイパーは信じられない思いでささやくように尋ねた。

「ああ、ほかの罪のない犠牲者たちと同様にね」ニックが険しい口調で答えた。

「どうしてわかったの？」

「美術品の受け渡しをする現場を撮影していた〈クリスティーズ〉の監視カメラに、コレクションの櫛《くし》を搬入した配達業者の男が映っていたんだ。米国中央情報局《CIA》が国際データベースに照会をかけたところ、すぐに、美術品窃盗犯を追跡している国際警察《インターポール》の捜査官の一人から、男を知っているとの報告があった。男は二十代半ばのデンマーク人で、髪はダークブロンド。いくつかの偽名を使っていて、そのうちの一つはラースだ。これがその男だよ」

パイパーは、ニックがポケットから取り出した六枚の写真を見た。ダークブロンドの北欧系の男が写っている。引き締まった体は、いかにもジムで鍛えあげたという感じだ。

「数カ月前、フランスの小村、ジヴェルニーの個人コレクションからモネの絵画数点が盗まれた。銃を所持した窃盗団は警備員二人を殺して犯行に及んだんだ。防犯カメラに映っていた三人の窃盗団のうちの一人が、このラースという男だった。あとの二人は逮捕されたが、ラースは警察の手を逃れて、今もまだつかまっていない」

「怖いわ……」

「事件の新たな展開を報告するために、僕は従兄弟《いとこ》たちに写真を送った。リュックは一目見るなり、この男こそが、殺された日にニーナが情熱的にキスを交わしていた相手だと断言した」

パイパーは写真から目を離し、ニックを呆然《ぼうぜん》と見つめた。「ニーナはフィアンセのあなたを裏切って、殺人犯とつき合っていたというの？」

ニックは彼女の手から写真を取りあげ、ポケットに戻した。「ああ、どうやらそういうことらしい。僕はなにも気づいていなかったが。あの週末、僕がニーナをスキーに誘ったのは、婚約を解消するためだった」

なんですって！

「婚約を解消？　どういうこと？　二人の結婚は家同士で決められていたものだったんでしょう？」

「ああ。ただ、式の日が近づくにつれ、僕は彼女と一緒にやっていく自信がなくなってきたんだ」

ニックの口から発せられる一言一言に、パイパーはめまいを覚えた。「そんなふうになるんだったら、なぜそもそも婚約を承諾したりしたの？」

「両家は僕が幼いころから親しい関係にあった。それに、僕は三十三歳になっても、生涯をともにしたいと思うような女性にめぐり合っていなかったし、ニーナは美人で、結婚相手としては申し分のない女性だった。僕の父とニーナの父親のセニョール・ロブレスが両家の縁組をどれほど望んでいるかもわかっていたから、僕はまわりの圧力に屈して彼女と婚約した。少なくともこうした結婚なら、波乱のない平穏な生活が送れるだろうと自分を納得させてね。だが、あいにくなことに、式の日が迫ってくるにつれ、僕は気持ちをごまかしきれなくなってきた。ついに、愛のない結婚などするべきではないと心を決めると、みんなを誘ってコルティナにスキーに出かけた。そこでニーナときちんと話し合い、婚約を解消するつもりだった。何度かゲレンデをすべったあと、僕はマックスとリュックを残し、ニーナとともに山小屋に向かった。そして、自分の正直な気持ちを彼女に伝えたんだ。意外なことに彼女は泣いたり取り乱したりせず、ただ考える時間が欲しいから一人にしてくれと言って、山小屋を出ていった。リュックが男と会っているニーナを目撃したのはそのあとだ。二人をつけていったリュックは、彼らが抱き合うのを見た。やがてニーナは男と別れて、一人でゴンドラ乗り場の列に並んだ。リュックはスキー用品店に立ち寄っていたマックスが戻るのも待たず、ニーナを問いつめようと彼女を追った。ゴンドラの事故が起き、乗客の中にニーナとリュックがいたとマックスから携帯電話で僕が知らされたのは、それから一時間後のことだった」

「なんて恐ろしい……」

「ああ、本当に。当然のことながら、僕は一人の親しい友人としてニーナの死を嘆き悲しんだ。でも、彼女のことを愛していたわけじゃない。今回ニューヨークに来て得た情報に、彼女が会っていた男がラースであるというリュックの証言を照らし合わせると、あの事故のまったく新しい真相が見えてくるんだ。警察があれほど調べたのに、ゴンドラに機械上の異常を発見できなかったことにもこれで説明がつく。リュックとマックスと僕は、今では、宝石コレクションの盗難事件にもニーナが一枚噛《か》んでいたかもしれないと考えているんだ」

「まさか」彼の発言に、またもやパイパーは驚かされた。もはや話の展開に頭がついていけない。

「いや、ありうる話だよ。ロブレス家は、ニーナと僕が正式に婚約するずっと以前にコロルノのドゥカーレ宮殿を訪れている。思えば、ニーナはあのコレクションに並々ならぬ関心を抱いていた。当時の僕はその意味を深くは考えなかったがね。ただ、もしニーナが窃盗にもかかわっていたとしたら、彼女はそのことに罪の意識を感じて怯《おび》えていたと思う。おそらくは恋人のラースと喧嘩《けんか》になっただろう。それでラースは、ニーナが僕と結婚してしまう前に口封じのために彼女を殺そうと決めた。そしてたぶん、僕のことも同時に始末してしまおうと考えたはずだ。僕らがスキーに行くことは何週間も前から決まっていたから、ラースが殺害計画を立てる時間はたっぷりあった。ところが、最後の最後で計画が狂い、そのせいでリュックが危うく片脚を失いかけた」

義弟が杖《つえ》をついている姿が頭に浮かび、パイパーは恐怖に震えた。怪我《けが》が治り、彼がまたふつうの生活が送れるようになったのは本当に幸いだ。

「でも、もしニーナが窃盗事件についてはなにも知らなかったとしたら?」

ニックのハンサムな顔に影が差した。「彼女が宝石の盗難とは無関係で、自分のつき合っている相手が犯罪者であることを知らなかったのだとしたら、さらなる悲劇だ。とくに、ニーナの父親が娘の死を利用して、今度は下の娘のカミラと僕を結婚させようとしていることを考えるとね」

パイパーは驚いて声をあげた。「そんなひどい話があるの？　マキャベリ並みの謀略の世界だわ」

「まさにそのとおり。セニョール・ロブレスは、目的のためには手段を選ばない人間だ。そうでなければ、婚約者の家族も定められた期間、喪に服すという一族の古いしきたりをわざわざ僕の父の前で持ち出したりはしなかっただろう。あれは、明らかに彼の策略だ。カミラとの結婚が可能になる時期まで、僕を縛りつけておくためのね。セニョール・ロブレスにとって、ヴァラーノ一族とのつながりを強固にするのに、カミラを僕に嫁がせるほど手っ取り早い方法はないはずだ」

部屋の中をせわしなく行ったり来たりしていたパイパーは、はたと足をとめた。「リュックが自分の見たことをあなたに話したのは正解だったわね。あなたは、ある意味でほっとしたんじゃないかしら。ニーナがほかの男性とつき合っていたと知って」

「ああ、とてもね」ニックはうつろな声で言った。「リュックの話は、僕がそれまでずっと感じていた罪の意識をぬぐい去ってくれた。なんといっても、彼女をスキーに誘ったのは僕だったんだから。彼女が亡くなったとき、僕は激しい自責の念にさいなまれた。だからこそ、昔ながらの一族のしきたりに従うことに同意したんだ」

「もしリュックからなにも聞かなければ、あなたは――」

「まだひどい罪悪感に苦しんでいただろう」ニックはパイパーの代わりに言葉を継いだ。「リュックがニーナに恋人がいたことをマックスに話したあと、二人はこれ以上、セニョール・ロブレスと僕の父の術中にはまらないよう、僕に真実を知らせなければと思ったそうだ」

「お父様もあなたとカミラの結婚を望んでるの？」

「おそらくね。まあ、父はまだ、娘のようにかわいがっていたニーナの死の痛手から立ち直っていないが。ともかくも、そういうわけで、僕はマルベリャに帰るときには花嫁を連れていきたいんだ。そうしたら、父ももう自分の思いどおりにはいかないのだとあきらめるだろうし、僕はロブレス家の人々に対して、道義的な責任は果たしたのだという考えを明確に示すことができる。ただ、両家の友好関係は崩したくないから、今後もロブレス一家とは親しくつき合っていくつもりだ。そこで君の出番となるわけさ。もし君が僕の妻になることを承諾してくれるならね。リュックとマックスが言うように、君はこの役割を果たすのにうってつけの女性だよ」

パイパーは心臓が足元に落ちたような気がした。

「この話はあの二人のアイデアだったの？」

「ああ、そうだ。名案だと思うよ。君のことは、ロブレス家の人々もむげには扱えないだろう。それに、さっきのドンとの芝居を見れば、君の演技力が一流であることは疑いようもない。カミラとはまだ面識がないだろうが、心配はいらないよ。波長は合うはずだ。彼女も君と同様、気性が激しいからね」

「君と同様って、なによ？」パイパーはブルーグリーンの瞳を光らせた。「それはほめ言葉、それとも侮辱？」

ニックはゆっくりと彼女の顔を眺めまわした。

「もちろんほめ言葉だよ。カミラはプライドを傷つけられて、君に難癖をつけようとするだろう。だが、うまくいくわけがない。なんたって相手は――」

「悪名高いダッチェス三姉妹の最後の一人ですものね」パイパーはむっとしてその先を続けた。

「君は僕の妻として、さまざまなパーティの女主人役を務めることになるだろう」ニックは続けた。

「招待客の中にはロブレス家の人たちもいる。君は持ち前の明るさと魅力を発揮して、カミラと友達になってほしい。大丈夫、君ならすぐに仲よくなれるよ。そして、ロブレス家の内情をできる限り詳しくさぐってもらいたいんだ。父親が娘のカミラを僕と結婚させようとしていたことについては、知らないふりを通してね。それで、カミラがニーナの恋人についてなにか情報を持っていたら、どんなことでもいいから僕に知らせてほしい」

「要するに、あなたはスパイ要員としての妻が欲しいというわけね」

「そうだ。まあ、決定的な証拠になるようなものは見つからないとは思うが、いずれにせよ、アメリカから来て早く周囲に溶けこもうとしている妻の存在があれば、僕は自分の役目をずっと果たしやすくなる」

「あなたの役目って?」

「今、犯人逮捕に向けて大がかりな捜査が行われている。僕と従兄弟たちも仕事の合間をぬって、捜査に全面協力しようと考えているんだ」

「それは警察の仕事でしょ!」

ニックの表情が硬くなった。「リュックがあんな目にあってからは、そうは思えなくなった。一族の身を守るためにも、僕らは犯人とその黒幕をつかまえる必要があるんだ」

「ラースはだれかの手先だったと、あなたは考えているの?」

「ああ、間違いなく陰で糸を引いている者がいる。ラースは汚れ仕事をさせられている手下の一人にすぎない」

怒りに燃えるニックの表情を見て、パイパーは震えた。「あなたが求めているような妻の役目は、私にはとても務まらないわ」

「ダッチェス三姉妹には怖いものなどないと思っていたがね」

パイパーは身をこわばらせた。「怖いんじゃないわ！　お気づきでないといけないから言っておくけど、私はスペイン語が話せないのよ」

「それは問題ないよ。僕が教えてあげるから。なに、すぐにマスターできるさ。といってももちろん、この仕事がおいそれと頼めるような簡単なものでないことは承知している。だから、君には二十四時間態勢の警護をつけるつもりだ」

パイパーは話を聞くうちに、自分の気持ちが彼の頼みを受け入れる方向に傾いていくのを感じた。

「犯人がつかまったら、結婚はちゃんと無効にするよ。君はニューヨークに帰って、また仕事なりなんなり、なんでも自分の好きなことをすればいい」

「無効にするなら、なぜ結婚するの？」

「真実味を増すために決まっているじゃないか」ニックはなめらかな口調で言った。「わかっていると思うが、僕らは新婚夫婦になりきらなければならないんだ。実際に結婚すれば、演技する必要もないだろう。本当のことはだれにも明かしてはならない。君の姉さんと妹さんにもね。周囲の者すべてに信じこませなければならないんだよ。僕らがずっと前からつき合っていて、正式な婚約を待ちきれず、とうとう勝手に式を挙げてしまったんだと」

パイパーは苦痛に胸が張り裂けそうだった。「もしも私がここであなたの頼みを断ったら、また別の女性に当たるの？」

「ああ、その場合はコンスエラ・ムニョスにお願いしようと思っている。この間、僕が出版した本の編集者なんだ」

あまりにもあっさりと代わりの女性の名前が出てきたことに、パイパーは嫉妬《しっと》を覚えた。「貴族出身の人？」

「いや。だが、僕の親もロブレス家の人たちも彼女には何度か会ったことがあるし、しょっちゅう僕らが一緒にいたことも知っている。そういう関係になるには十分なくらいね」

やめて！

パイパーはうめき声をあげそうになるのを必死でこらえた。愛しているけれど結婚はできないという女性がその人なの？

またもや苦痛にさいなまれて、パイパーは言った。「ねえ、ちょっと教えてほしいんだけど、さっきあなたはどういうわけで子供の話を持ち出したの？」

「僕としては、もし君がお姉さんたちのように子供が欲しいと思っているのなら、結婚を本物にしてもいいと考えているんだ。君はお金なんていらないと言う。となると、僕がこの件の見返りとして君に与えてあげられるのは子供くらいのものだ。赤ん坊が生まれたら、僕らは当然、一緒に暮らしつづけることになる。僕にとっては跡継ぎができるわけだし、もちろん親も喜ぶだろう。すべては君しだいだよ」

そこでニックはドアに向かった。「僕はキングストン・ホテルの二二〇号室にいる。さっき、いちおうオフィスで君の断りの返事はもらったが、もし気が変わったら、そこに電話をくれ。明日の朝にはスペインに戻るつもりだ」

ニックが去ったあとも、パイパーは長いこと頭を悩ませていた。協力する見返りとして、ニックは私と一生をともにしてもいいと言っている。私は今、望みさえすれば、すべてを手に入れられるのだ。結婚も、子供も。

でも、彼の愛は得られない。

一時間泣きつづけ、涙も涸《か》れたころ、パイパーはドンに電話をかけた。だが、彼の声を聞いたとたん、再び泣き崩れてしまった。

「話を聞こうか？」

「ああ、ドン……私、どうしたらいいの？」ニックがコンスエラ・ムニョスに結婚を申し込むことを考えると、やりきれない気持ちだった。彼女とのつき合いはいつから始まっていたのだろう？　ニックが研究書を何冊か執筆していることはパイパーも知っていた。その編集者は、本当はニックが好きなのに、喪中の身だからと、自分の気持ちを抑えていたのだろう。

　喪が明けたら彼に思いを告白しようと、彼女がこの一年間、ずっと考えていたとしたら？　もしそうだったら……。

「パイパー？」

「なあに？」パイパーはうわずった声で言った。

「自分がもうすぐ共同経営者を失うような予感がするんだが」

二月一日

ニューヨーク州キングストン

「パイパー・ダッチェス・デ・パストラーナ、ついに君も結婚したんだね。こんなにうれしいことはないよ。やっぱり女性は独りでいちゃいけない」

　ダッチェス家の弁護士、ミスター・カールソンは父親のようにやさしく温かい笑みを満面にたたえて、パイパーの両手を握った。

　このミスター・カールソンの熱のこもったまなざしを見たら、グリアとオリヴィアは笑いころげるに違いない。「君たちの新しい人生の門出を、一番に祝わせてほしい」

　パイパーはここを出るまでなんとか笑いをこらえていられるように祈りながら、弁護士にほほえみ返した。「事務所で結婚式を挙げさせてくださってありがとうございました、ミスター・カールソン。ご友人の郡書記官の方に婚姻手続きをとっていただいて助かりました」

「本当に助かりました」ニックも口をそろえて言った。式の最後に情熱的なキスをしてからずっと、まるで自分のものだと言わんばかりにパイパーの腰に腕をまわしている。彼はミスター・カールソンに向かって続けた。「マルベリャに戻ったら、家族を呼んできちんと教会で式を挙げるつもりです」なにを言っているの？　そんなことはしないわよ。「でも、それまでとても待ちきれなかったんです。早く結婚の誓いを立てたくて」

ミスター・カールソンの笑みがこれ以上ないほど大きく広がった。彼の視線が、パイパーの薬指にはめられたゴールドの結婚指輪にそそがれる。パイパーはあえてシンプルなデザインの指輪をニックに贈ってもらった。これが自分の夢見てきたような結婚ではないからだ。

「私のところに頼みに来てくれてうれしいよ、パイパー。ご両親もきっと天国から君たちの姿をごらんになっていたことだろう。大切な三羽の鳩《はと》が新しい巣へと飛び立ち、それぞれの家庭を築いていこうとするのを見て、どれほどお喜びになっていることか」

パイパーの父親は、かつてイタリア人が美しい白い鳩をパルマ女公爵にちなんでダッチェス・ピジョンと名づけたことを受け、いつも三つ子を〝かわい小鳩ちゃん〟と呼んでいた。パイパーはミスター・カールソンのおおげさな表現に思わず吹き出しそうになったが、なんとかこらえて言った。「ええ、そうですね」

「ご両親は、娘の幸せを願う一心で花婿基金なるものを設けられたのだろう。あの日、私はお父さんの遺言を聞きに集まった君たちに小切手を渡した。それがこうして三姉妹とヴァラーノ一族の三人との縁を取り持ってくれたと思うと、感激もひとしおだ」

「僕ら三人の幸運はそこから始まったわけですね」ニックが言った。

ミスター・カールソンは彼に向かってにっこりし

た。青みがかった濃いグレーのシルクのスーツに身を包んだニックは、息をのむほどすてきだ。

でも、私がなぜドンに会社をまかせて仕事を中断しているのか、その理由をニックに忘れてほしくない。そう、殺人事件を解決するための協力者を必要としていた彼の頼みを受け入れたからだということを。ただ、彼が知らない事実が一つある。それは、私が結局彼の妻役を演じるのを承諾したのは、恐れを感じたからだということだ。

ヴァラーノ一族の三人に疑いを向けられているのに気づいたら、殺人犯は彼ら全員の命を狙《ねら》ってくる。それはつまり、グリアとオリヴィアにも危険が及ぶということだ。

愛する者を守るためなら、パイパーは何事も辞さない覚悟だった。それがたとえ、ラースの居所を突きとめるために、カミラと友人になることを意味するとしても。


ヴァラーノ一族の三人が――ニックがいない人生なんて……。

そんなものは考えられない。今はもう。

先日、結婚を承諾することを伝えるために、ホテルに滞在するニックに電話をかけたあと、パイパーは彼を三日三晩、休む間もなく働かせることになった。おかげで荷造りは記録的な速さで片づいた。

家具はパストラーナ家の専用機に積まれ、アパートメントの部屋は塵《ちり》一つなくなった。そればかりか、ニックはパイパーの父親の古い車を売って、中古車販売店から七百ドルもの金をせしめてくれた。

ひやりとしたのは、ベッドの下に落ちていたカレンダーの試作品を彼に見られそうになったことだ。幸い、中を見られる前に取り返したものの、間に合わなかったら大変だった。

また、うれしい出来事もあった。それは、運送業者に梱包《こんぽう》してもらうために、地下倉庫から大きな二枚の油絵を運んできてくれるようニックに頼んだときのことだ。いくら待ってもニックが戻ってこないので、パイパーがバスルームの床磨きを中断して地下倉庫までようすを見に行くと、彼は二枚の絵の前に立ち尽くし、感じ入ったように眺めていたのだ。

その絵は、姉と妹への結婚記念の贈り物としてパイパーが描いたものだった。

グリアに贈る一枚には、ピッチョーネ号でマックスが彼女の方に身を乗り出している姿が描かれていた。あのとき、三姉妹はヴァラーノ一族の男性たちから逃れるために海へ飛びこもうとしていた。その瞬間のマックスの飢えたようなまなざしと、彼を見あげるグリアの情熱に彩られた美しいラベンダー色の瞳は、一生忘れないだろう。

もう一枚の絵には、結婚式の直前に、パストラーナ家のチャペルの前でリュックとオリヴィアが過ごした魅惑的なひとときが描かれていた。あのとき、人に見られていたとは、二人は夢にも思っていないはずだ。リュックの愛に満ちた顔を見あげるオリヴィアのブルーの瞳は、情熱にあふれ、まぶしいほど魅力的だった。パイパーは芸術家としての感性で、見つめ合う二人の熱い視線を心にしっかりと刻みつけ、後日それをキャンバスに描き出したのだった。

「運送業者が待ってるわ、ニック」

ニックのたくましい体はぴくりとも動かなかった。「君の絵はすばらしいよ」彼は低くかすれた声で言った。「従兄弟たちは、きっと感激するだろう」

パイパーは、二枚の絵のうち、自分に近いほうの一枚を戸口へ運びはじめた。「大きすぎて飾るところがないかもしれないわ」ニックのほめ言葉を無視し、声の震えをごまかすように威勢よく言う。

ニックはパイパーの手から絵を取りあげ、居間に運ぶと、もう一枚の絵を取りにまた地下倉庫に戻っていった。パイパーは運送業者に対する指示をニックにまかせ、最後の挨拶《あいさつ》をするために、上階に住む家主、ミセス・ウェイランドのところへ行った。

パイパーは鍵《かぎ》を返し、ミセス・ウェイランドを抱き締めた。ニューヨークに帰ってきたとき、またこのアパートメントに戻れるという保証はないのだ。

ニックの運転するレンタカーで空港に向かう途中、以前住んでいた家の前を通り過ぎた。パイパーは涙に潤んだ目で、自分が人生の最初の二十六年間を過ごした住まいを振り返った。ポーチに立つ父親と母親、そして姉妹三人の姿が見えるようだった。これ以上はないほど幸せそうな顔をした家族の姿が。

でも、もうそんな時代は終わったのだ。

ドクター・アーナヴィッツも言っていたように、私にとって少女時代はもう過去のものだ。姉と妹は結婚し、私もまもなく花嫁になろうとしている。だが、そこには一つ、とてつもなく大きな違いが――。

ニックが私を妻として選んだのは、敵の攻撃を阻み、その動きをさぐらせるためだ。新婚の甘い夜もない。そして、いずれ用ずみになれば、結婚そのものが解消されるのだ。

高速道路に入るころには、パイパーは決意を固めていた。私は世界一のスパイになってみせる。そして、ニックにこの事件を記録的な速さで解決させよう。仕事にはすぐに復帰するつもりだとドンに言ってきたけれど、その言葉に嘘《うそ》はない。私にはほかに帰る場所がないのだから！

パイパーをジェット機の座席に居心地よく座らせたニックは、パイロットと話してくると言って、彼女のもとを離れた。

携帯電話を取り出し、ボタンを押すと、ほどなくして聞き慣れた声が耳に飛びこんできた。「おやおや《エ・ビヤン》、君《モン・ヴュー》か。無事妻をめとったかい？」

ニックはうなずいた。「ああ。でも、彼女はちっとも夫の言うことを聞いてくれない」

「君の贈った指輪をつけているだけでも上出来さ」

ニックもこれまでそう思って自分を慰めてきた。しかし、隣の部屋で妻がぐっすり眠っていると知りつつ、一人で過ごした結婚初夜はまさに拷問だった。そのせいで今日は最悪の気分だ。「リュック……今、一人かい?」

「ああ。君はどこにいる?」

「空港だ。そっちの準備は整ったか?」

「ばっちりだ《アブソリュマン》。君たちが着くころには、家族全員がそろっているよ」

「結局、なんと言ってみんなを呼び寄せたんだ?」

「マックスの誕生日は来週だ。口実にするにはもってこいだろう。それで、誕生日当日には僕のロボット工学会議の予定が入っているから、パーティは今夜にして大々的に祝いたいと母に言ったんだ。君も都合をつけてニューヨークからお祝いに駆けつけると話しておいたよ。オリヴィアとグリアもすぐ母のところへ手伝いにやってきて、パーティの準備を整えてくれた。親たちもみんなやってくる。君がパイパーを連れて現れるとは、だれ一人想像していないがね」

「完璧《かんぺき》だ」

「警備態勢も強化しておいた。君らがニースの空港に着きしだい、身辺警護を始めるよう言ってある」

ニックは鋭く息を吸った。「パイパーには身の安全は保証すると約束した。それを裏切るような結果にならないことを祈るばかりだ。もし彼女の身になにかあったら……」

「なにもないよ」リュックは強い口調で言った。「だれの身にも何事もないように僕らが守る」

「ともあれ、今夜、パイパーは僕の妻の役を立派に演じてくれるだろう。姉妹の目すら欺くほど上手にね。それで、身に迫っている危険から彼女たちを救うことができると信じている。〝みんなは一人のために、一人はみんなのために〟というわけだ」

「そして、そのモットーが常に成功をもたらす」

「では、今晩会おう、リュック」

「ああ、また」

ニックは電話を切り、座席に戻ってシートベルトを締めた。エンジン音が耳に心地よく響く。彼には、パイパーが冒険心をそそられて今回の計画に乗ってくるという確信があった。これまでのところは期待どおりだ。

パイパーは顎をつんと上げ、闘志をあらわにして横に座っている。彼女がはねつけるような態度をとっているのは賢明だ。

ニックの男としての獰猛《どうもう》な本能は、今にも牙《きば》をむきそうになっていた。

4

ファルコン家の紋章のついた豪華な黒のリムジンで坂道をのぼっていくと、やがてモナコ旧市街のリュックの実家が見えてきた。昨年六月のF１レースの前夜と同じく、十九世紀に建てられた美しいプロヴァンス風の屋敷は、人を迎え入れるように温かな光を放っていた。

しかし、今夜は多少ようすが違う。眼下に見える港には、この間ほどの船は出ていない。冷たい二月の風は、まだ季節が冬であることを思い出させる。

もちろん、昨年の夏と今とでは、大きな違いが一つあった。今や三姉妹は皆、ヴァラーノ一族の男性と結婚している。そして、パイパーはニックから、夫に夢中の花嫁の役を演じるように求められていた。

だが、結婚初夜を一人ホテルの部屋で過ごして心の傷がさらに深くなった今、それは不可能なことに思えた。唯一の救いは、彼に結婚指輪を贈られたのがコンスエラ・ムニョスでないことだ。

パイパーとニックが結婚したというニュースは、まもなく屋敷に集まった人々に伝わるだろう。その知らせは、喜びから衝撃、驚き、嘆き、果てはパイパーの義父となったセニョール・デ・パストラーナの恨みに至るまで、さまざまな感情を呼び起こすに違いない。

ニックには事前に言い含められていた。セニョーラ・デ・パストラーナの仕事は、常に自分の横にいて笑みを絶やさず、楽しそうにしていることだと。それくらいなら、やってやれないことはないだろう。気をつけなければならないのは、姉と妹に演技だと見破られないようにすることだ。

ニックは結婚の贈り物として、真珠のボタンのついた象牙《ぞうげ》色のシルクのスーツを買ってくれた。その優雅な装いはいかにも花嫁らしく、彼が胸につけてくれたコサージュがいっそう華を添えている。

「屋敷に入る前に、君にもう一つプレゼントがあるんだ。手を出して」

パイパーは、リムジンの後部座席に自分と並んで座っている颯爽《さっそう》たるタキシード姿の男性の方に顔を向けた。上着の襟には黄色の薔薇《ばら》が挿してある。彼女はその薔薇の花のかぐわしい香りと同じくらい強烈に、うっとりするような男らしさを感じた。

激しい胸の高鳴りを覚えながら、パイパーは右手を差し出した。

「左手のほうだよ」

「結婚指輪はもうしているわ」

「君はパストラーナ家の花嫁だ。今やパルマ・ブルボン家の一員でもあるんだよ」ニックはパイパーの膝に手を伸ばし、彼女の左手をつかんだ。ただでさえ敏感になっていたパイパーの体にさらなる衝撃が走る。「月の雫《しずく》と呼ばれるこの真珠は、我が家に代々伝わる家宝だ。君の指にサイズを合わせてもらった。金の糸を紡いだようなブロンドの髪を持つアングロサクソン系の女性にふさわしい指輪だ」

パイパーは言葉を失った。そして、金線細工のほどこされた、傷一つない真っ白な大粒の真珠の指輪が、ゴールドの結婚指輪の上に重ねられるのを見て息をのんだ。「私……これはつけられないわ」

ニックは顔を曇らせた。「つけないと、この結婚は本物ではないのかと両親に疑われてしまう」

「でも、荷が重すぎるわ。なくしたりしたら大変だもの」

「どう大変なんだ？」

「ニック……とぼけないで。これほど由緒ある一家の家宝となれば、この真珠の価値ははかり知れないはずよ。もしものことがあったらと思うと、恐ろしいわ。今私たちが一緒にいるのは、盗まれた宝石コレクションを取り返す目的のためだけだということを忘れたの？」

「僕はなにも忘れちゃいないよ」そっけない答えが返ってきた。「ほら、今から行くと連絡してあったから、従兄弟《いとこ》と君の姉妹が玄関に出迎えに来てくれている。さあ、キスしよう、いとしい人《ミ・アモール》」

驚いて声をあげかけたパイパーの口を、ニックがすばやく唇でふさぐ。それは、彼女がずっと夢見ていたような熱烈なキスだった。まるで、ニックにとってパイパーが世界のすべてであるかのような。

ニック……。パイパーは泣きたかった。なにもかも周囲の目をごまかすための芝居なのだ。

これは偽りの結婚にすぎない。私は、ニックとカミラの縁組を阻止するために選ばれた、パストラーナ家の偽りの花嫁だ。美しい輝きを放つ真珠の指輪も私を嘲笑《あざわら》っているかのように思える。でも、今さら引き返せない。私はもうこの危険な策略に深くかかわってしまっているのだから。

リムジンのドアが外から開いた。だが、ニックはみんなに二人の姿を見せつけようとしているのか、パイパーを放さなかった。今のキスは間違いなく、グリアとオリヴィアに見られたはずだ。

「パイパー！」

「さあ、行っておいで」ニックはふいに耳元でささやくと、歓声をあげてパイパーを車から引っぱり出そうとする姉と妹の手に彼女をゆだねた。

それから数分間、三姉妹は抱き締め合い、飛びはねながら、涙を流して久しぶりの再会を喜び合った。

「黄色の薔薇をつけているじゃないの！」オリヴィアが興奮して言った。

「左手を見せて」今度はグリアが口を開く。「あなた、いつニックと結婚したの？」

パイパーはごくりと唾《つば》をのみこんだ。「昨日よ」

「昨日と言えば、二月一日ね」グリアは意味ありげにつぶやいた。

「どこで？」オリヴィアが声をあげる。

「ミスター・カールソンのオフィスでよ」

「まさか、冗談でしょう！」

「いいえ。彼の喜びようったらなかったわ」

それからしばらくの間、パイパーは二人に式の詳細を語って聞かせた。女性の幸せは結婚だと言いきってはばからないミスター・カールソンの昔かたぎな態度に、姉妹は大笑いした。おかげで、これが愛のない結婚だという恐ろしい真実には気づかれずにすんだが、やがて二人の爆笑がおさまると、パイパーは話題を変える必要を感じた。

見慣れた姉妹の顔が言いようもないほど美しく輝いているのを見て、彼女は言った。「二人とも、もうじきママになるようには見えないわね」

グリアが鋭いまなざしでパイパーの視線をとらえた。「あなたもそうは見えないわ……今はまだね」

ほほえむのよ。パイパー。いつものあの謎《なぞ》めいた笑みを浮かべるの。そうしないと、グリアになにかおかしいと感づかれるわ。

「なんにせよ、ママになるのは私が最後であることは確かだわ。問題はどちらが早いかよ。あなたか、オリヴィアか」

困ったことに、グリアはまだこちらをじっと見つめている。「私、あなたはどんなことがあっても、ニックを許さないと思ってた」

「私もよ」オリヴィアがまじめな口調で同意する。「だって、ほんの一週間前まで、あなたは彼の顔も見たくないって言ってたのよ。密約でも交わしたんじゃない限り、彼の喪が明けたその日に二人が結婚するなんて、ちょっと話が極端すぎるわ」

なにか言わなければ、とパイパーは思った。愛情以外の理由で結婚したのではないかという二人の疑念をなんとか払拭《ふっしょく》するのだ。

パイパーは視線をオリヴィアに移して言った。「白状するわ」

「どうぞ」二人は声をそろえた。

「去年の八月、精神科医のところに行ったの。ドクターは私の胸に渦巻く複雑な感情を見事に分析してくれたわ」

グリアが顔をしかめた。「いつからダッチェス家の三姉妹は精神科のお世話になるようになっちゃったの？」

「私が三姉妹の最後の独身になってからよ」パイパーは力なく答えた。「ドクターと話すうちに、私はニックに筋違いの怒りをぶつけていることに気づいたの。本当は、私の苦しみのもとはあなたたち二人を失った悲しみだったのに」

「あなたは私たちを失ってなんかいないわ！」オリ

ヴィアが一蹴《いっしゅう》した。

「いいえ、失ったのよ。とてもつらかったわ。心にかかえている本当の問題を知ったとき、私はそれまでなにをしていたかがわかったの。自分を拒絶したニックを罰しようとしていたのよ。でも、彼のしたことは罪でもなんでもなかった。彼が私を拒絶したのは、ニーナの喪に服すという約束を守ろうとしたからにほかならなかったの。冷静になって考えてみると、彼は高潔な精神の持ち主だという気がしてきたわ。尊敬するパパと同じようにね」

〝パパ〟という言葉に、三人は一瞬目を潤ませた。

「ドクターは、今はじっと待つときだとおっしゃった。もしニックと私の間にある感情が本物なら、喪が明けたとき、彼はきっとなにか行動を起こすはずだからと」すらすらと嘘《うそ》が口をついて出てくるのが恐ろしかった。でも、今はこうするしかないのだ。

「私はドクターの助言に従うことにしたわ。そして新規分野に進出し、とにかく仕事に没頭したの。その結果がごらんのとおりよ。そんなとき、ニックが私に会いにニューヨークに来てくれたの」そこで話を盛りあげるために、パイパーはわざと間をおいた。

「私はずっと……ずっとそうなることを願いつづけていた」

たとえ話の内容に真実味が欠けていたとしても、パイパーの声の震えだけは本物だった。グリアとオリヴィアはひとまず今の説明で満足したのか、彼女の腕を取って屋敷の中へ導いた。

パイパーも以前足を踏み入れたことがある優雅な玄関ホールで、グリアが立ちどまって言った。「みんなは応接室に集まっているわ。このニュースを聞いたら、ニックのお父様は腰を抜かすわよ」

パイパーはうなずいた。

「よかったわ、今日はロブレス家の人たちを呼んでいなくて」オリヴィアがささやく。

「マルベリャに行ったら、カミラやそのご両親と仲よくするようにってニックに言われているの」

姉と妹は眉をつりあげた。「お気の毒さま」

次の瞬間、パイパーはマックスのたくましい腕に引き寄せられていた。「ようこそ、ヴァラーノ一族へ、美しい人《ベリッシマ》。君は僕の従弟《いとこ》をこの上なく幸せにしただけじゃなく、二つの家庭を救ってくれたんだ」

「マックスの言うとおりだよ」リュックもやってきてパイパーの頬にキスをした。「君がこっちに来れば、妻たちもようやく腰を落ち着けてくれるってものだ。たまには僕らもかまってもらえるだろう」

パイパーはいたずらっぽい笑みを浮かべた。「あら、これまでだっていくらかはかまってもらっていたはずよ。なんたって、もうすぐオリヴィアには赤ちゃんが生まれるんだから」悲痛な思いを押し隠して言い返す。

そのとき、ふいにうしろからたくましい腕が伸びてきて、パイパーの肩をしっかりとつかんだ。「僕もあとで二人と同じようにかまってもらいたいな」ニックが彼女のほてった頬に唇を寄せ、まわりにも聞こえるような声でささやいた。「さあ、応接室に移動してマックスのバースデーパーティを始めよう」

「僕が進行役を務めさせてもらうよ」リュックがオリヴィアの腰に腕をまわし、大きな両開きのドアを開けて応接室へ入っていく。マックスとグリアがそれに続くと、ニックはそのあとからパイパーをエスコートして歩きだした。これから自分が立ち向かう試練を思い、パイパーは気を引き締めた。

豪華な応接室に目をやると、美しく着飾ったニックと従兄弟たちそれぞれの両親、そして、マックスの妹夫婦がソファに座っているのが見えた。見当たらないのはリュックの弟のセザールだけだ。ニックによれば、F1イギリス・グランプリの練習に出ているとのことだった。

「皆さん」リュックが言うと、全員の視線が彼に集まった。「ニックがお祝いに駆けつけてくれました。でも、今日は一人ではありません。彼はニューヨークから花嫁を連れて帰ってきたんです」

突然の発表に、部屋が水を打ったようにしんと静まり返った。だが、パイパーは、そのことよりもセニョール・デ・パストラーナの顔に浮かんだショックの表情のほうに動揺を覚えた。気品のある彼の顔は花崗《かこう》岩のような険しさをおび、黒い瞳に苦悩、驚き、怒りといったさまざまな感情がよぎるのが見て取れた。それは、一生忘れることのできない緊張に満ちた瞬間だった。

張りつめた空気を破ったのは、ニックの母親だった。彼女はソファから立ちあがり、部屋を横切ってやってくると、パイパーを抱き締めた。「やっとニコラスは私に義理の娘を与えてくれたのね。なんだか夢みたい。ようこそパストラーナ家へ」

心からの親愛の情がこもったそのやさしい茶色の瞳を見て、パイパーはとんでもない詐欺師になった気がした。だがそこで、ニックと結婚した理由を思い出し、気を取り直す。そう、これには人の命がかかっているのだ。

「私は息子さんのことをずっと前から愛していました、セニョーラ・デ・パストラーナ」

「どうぞマリアと呼んでくださいな」

ニックがパイパーの肩に腕をまわした。男らしい体のぬくもりに包まれ、パイパーは骨までとろけそうになった。「僕はピッチョーネ号で、彼女にすっかり心を奪われてしまったんです、お母さん」

「わかりますよ。彼女の指に光るパストラーナ家の真珠を見ればね。息子から指輪の由来を聞いた？」

パイパーは目をしばたたいた。「先祖伝来の家宝だということはうかがいました。それ以来、なくしたらどうしようかとびくびくしています」

周囲で笑いが起きた。そしてそれをきっかけに、みんなが次々とパイパーに温かな歓迎の言葉をかけてきた。しかし、ニックの父親だけは違った。まだ彼女を家族の一員として受け入れる気はないらしい。

近くまで来て、父親の顔が赤みをおびているのがわかった。カミラ以外の女性がパストラーナ家の指輪をつけてここに現れたことで、父親が息子に託した夢は粉々に打ち砕かれてしまったのだ。パイパーは父親に同情を覚えた。

「おめでとう、セニョーラ・デ・パストラーナ」ニックの父親はぎこちなく会釈をした。だが、祝福のキスをする気がないのは明らかだった。

今の状況で、それ以上のことを求めるのは無理というものだろう。彼は息子の花嫁として別の女性を考えていたのだから。

「ありがとうございます、セニョール」パイパーの喉に熱いものがこみあげた。

ニックがさらにパイパーの体を引き寄せて言った。

「パイパーがプロポーズを受けてくれたときは、僕のこれまでの人生で最高に幸せな瞬間でしたよ、お父さん」

ニックは名役者だ。この計略を知らない者は皆、彼の演技にすっかりだまされている。

「結婚式はいつ挙げたんだね？」ニックの父親がそっけない口調で尋ねた。

「昨日です」

親子は、古代の戦士のようにじっと見つめ合った。

「パイパーと結婚するのが待ちきれなくて、とりあえず彼女の父親の親友、ミスター・カールソンの法律事務所で式を執り行いました。でも、こうしてここに帰ってきましたので、今度は皆さんにも出席してもらえるよう、司祭の立ち会いのもと、パストラーナ家のチャペルで結婚式を挙げるつもりです」ニックはそう言うと、パイパーに反論させまいとするように、彼女の腰にまわした手に力をこめた。

「すぐにあなたたちの結婚祝いのパーティを開きましょう」ニックの母親が目を輝かせて言った。

「うれしいですわ」パイパーは賛同した。「私もお手伝いしします」

「しかし、パーティを開く前に、まずベニートとイネスに挨拶《あいさつ》しておかないと」ニックの父親が口をはさんだ。

「ロブレス一家のことは、マルベリャに帰った明日の夜にでも、家のほうに招待しようと思っているんですが、お父さん」

「ダッチェス家のお嬢さんをまた一人、我が一族にお迎えできるなんて、ほんとにすばらしいわ！」緊張した空気を打ち破るように、ニックの母親がはしゃいだ声をあげた。「同じ一族の男性三人と三つ子の姉妹が結婚したのよ。こんな話、ふつうじゃ考えられないわ！」

「ダッチェス家の三つ子を初めて見たとき、僕らは全員、呼吸を忘れるほどの衝撃に打ちのめされました」ニックは堂々とした口調で言い、パイパーを力強く引き寄せた。「それ以来、三人の世界は一変したんです」その言葉に、従兄弟たちもうなずいた。

あまりにも真に迫ったニックの言い方に驚いて、パイパーは呆然《ぼうぜん》と彼を見つめた。そのとき、ニックが顔を寄せ、みんなの前でいきなりキスをした。

それは、かろうじて節度を保っているとはいえ、一歩間違えば人目にさらすのがはばかられるような熱烈なキスだった。パイパーは思わずよろめき、ニックの腕をつかんで体を支えた。

みんなが拍手喝采《かっさい》した。

しばらくして、ニックはようやく顔を上げた。

「今日はマックスの誕生日を祝うためにやってきたんです。そろそろ彼にプレゼントを渡すことにしましょう。皆さん、ちょっとここで待っていていただけますか。すぐに戻りますので」

ニックはもう一度パイパーに軽くキスをしてから、応接室を出ていった。ここまでの彼の芝居は完璧《かんぺき》だ。妻にぞっこんの新婚の夫を見事に演じている。パイパーはおぼつかない足取りで近くのソファへ向かった。

ほどなくして、ニックが巨大なキャンバスをかかえて現れた。そして、その絵をみんなの方に向けた。マックスが何事かつぶやくのが聞こえた。彼は妻の手をつかむと、二人で絵の方へ歩み寄った。

「パイパー――」グリアが感動に声を震わせた。

マックスはうしろを振り返り、パイパーをまじまじと見つめた。黒い瞳が明るく輝いている。「君は天才だ。この絵は一生大切にするよ」

「妻の才能には僕も恐れ入っているんだ」ニックが言った。「実は、絵はもう一枚ある」

マックスに絵を預けると、ニックはまた部屋を出ていった。そしてまもなく、さっきと寸分たがわない大きさの絵をかかえて戻ってきた。

「リュック、君の誕生日はまだ数カ月先だが、今、これを贈らせてほしい」

みんなに見えるようにニックが絵の向きを変えると、感嘆のどよめきが部屋中に広がった。

オリヴィアは人目もはばからず、リュックに身をあずけて泣いている。リュックはそこに立ったまま、パイパーの方に顔を向けて言った。「君は本当に天才だ。ありがとう、大切な人《シェリ》」

みんなが絵の周囲に集まってきて談笑しはじめた。

マックスがグリアにほほえみかける。「絵を飾る場所はもう決まっている」

「僕らもだ」リュックもそう言って妻にキスをした。

「なんだか、僕だけ仲間はずれだな」ニックがだれにともなく言った。

するとパイパーの姉妹はあわててニックのもとへ寄って彼を抱き締めた。「ニック、パイパーがあなたを題材にして描いたあのカレンダーを見ていないの?」グリアが尋ねた。

「一月から十二月まで、全部あなたの絵なんだから!」オリヴィアが暴露した。

「また鳩《はと》になって登場するのかい?」

「違うわ、あなた自身の絵よ。あれは、今までの彼女の作品の中でも最高傑作だわ!」

ニックはパイパーに鋭い視線を向けた。「引っ越しのときには見当たらなかったな」

顔が真っ赤になっていないことを祈りながら、パイパーは言った。「グリアの結婚式の準備のために、みんなでヨーロッパからニューヨークに戻ったとき、ヴァラーノ一族の三人をモチーフにした男性向けカレンダーの試作品をいくつか作ったの」

ニックはにやりとした。「題して〝リヴィエラのプレイボーイたち〟かい?」

「いいえ、〝花婿基金トリオ〟よ」

「〝花婿基金トリオ〟? ぴったりのネーミングじゃないか」ニックはこの上なく愉快そうに言った。

「あとでがっかりさせてもいけないから、お知らせしておくけど、ドンは言ってたわ。あのカレンダーは、鳩のキャラクターのときみたいには受けないだろうって。正直なところ、私自身、あの試作品のことは忘れていたの。ドンもあれは処分しちゃってると思うわ。友人たちの目に触れないようにね」

「ヒューイがリューイとデューイの気持ちをおもんぱかったってことかい?」

ディズニーのキャラクターとしておなじみの家鴨《あひる》の三兄弟の名前になぞらえ、三姉妹はかつてのボーイフレンドのことを、ヒューイ、リューイ、デューイと呼んでいた。ニックもそれを知っているのだ。

「僕らは勝利し、彼らは敗北した」ニックはつぶやくように言うと、従兄弟たちに向かってにっこりした。二人の従兄弟もほほえみ返した。

パイパーは照れくさくて、グリアとオリヴィアの顔を見ることができなかった。そのとき、まさに絶妙のタイミングで、リュックの母親がディナーの用意ができたと告げに来た。六人はそろってダイニングルームに向かった。

食事の間、パイパーはニックの父親と極力目を合わせないようにしていた。マックスがお祝いの包みを開けながら、場を盛りあげてくれたものの、パーティがお開きになったときには正直ほっとした。

リュックが、パイパーたち従兄《いとこ》夫婦二組を今夜は自分の家に泊めると言ってくれたのはありがたかった。互いにおやすみの挨拶が交わされたが、あわただしい中でのことだったため、細かいところは記憶にない。覚えているのは、ニックにリムジンへと促される前、セニョール・デ・パストラーナにそっけなく会釈されたことだけだった。

車に乗りこむと、ニックは膝にパイパーをのせ、モナコ旧市街の高台に立つリュックの屋敷までの短いドライブの間、彼女のうなじにキスを浴びせつづけた。熱くほてった肌に触れる彼の唇の感触に、パイパーは体がゼリーのように頼りなくなるのを感じた。屋敷の中庭に到着し、ニックの手を借りて車から降りたときにも、足に力が入らず、ほとんど歩けないほどだった。

以前オリヴィアから写真を送ってもらっていたので、屋敷の外観や中のようすについてはわかっていた。だが、こうして実際に目の前で見ると、そのすばらしさはまた格別だった。ブルーの鎧戸《よろいど》のついた、ピンクの外壁の美しい二階建ての屋敷は、早くこの姿をキャンバスに描いてくれとパイパーに訴えかけるかのようだった。

しかし、屋敷の魅力を最大限に引き出すには、七月の明るい日差しが必要だ。パイパーの胸を激しい痛みが貫いた。夏がくるころには、私は自分の役割を終え、キングストンに戻っているだろう。一人きりで……。

男性たちが書斎に行っている間、オリヴィアはパイパーとグリアを二階へ案内し、寝室を見せてくれた。パイパーとニックの部屋は、廊下の突き当たりで、すでに荷物も運びこまれていた。

クイーンサイズのベッドを目にした瞬間、パイパーはパニックに陥り、急いで窓辺へ駆け寄った。

「まあ、なんてすばらしい景色なの！」動揺を抑えて続ける。「あ、そうそう、ミセス・ウェイランドがあなたたちによろしくって言ってたわよ。キングストンが恋しくなったらいつでも遊びにいらっしゃいって」

「養子縁組がうまくいって、赤ちゃんがお出かけできるくらい大きくなったら、マックスと一緒にニューヨークに旅行して彼女に会ってくるわ。ニューヨークと言えば、トムはあなたが結婚したことを知っているの？」

パイパーはグリアに向かってうなずいた。「ドンに伝えてもらったの。今はあの三人組も、新しいデート相手を見つけているわ。だからもう、私たちは責任を感じなくていいのよ。仕事のほうも、ドンにまかせることになってしまったけど、会社にはジャンがいてくれるから心配はしていないの。そのうち私もニックの家で仕事をするわ」

グリアが眉を上げた。「ミセス・パストラーナになったっていうのに、いつそんな時間がとれるのよ？」

時間なら、ニックと従兄弟たちが殺人犯を追っている間にたっぷりとれる。実際、今も三人は階下で作戦会議を開いていた。身に迫っている危険を思うだけで、パイパーの体には震えが走った。

「夜はニックも新しい本の執筆があるから、その間にでも絵を描こうと思っているの。昼間はスペイン語の勉強をするつもりよ。カミラ・ロブレスに先生になってもらってね」

オリヴィアが首を横に振った。「それはやめたほうがいいわ」

「そうよ」グリアも強い口調で言った。「あなたにニックを奪われたことを彼女が知ったら、両家の間には戦争が起きかねないもの」

「それはニックもよくわかっているわ。彼が私にカミラと仲よくするようにと言ったのは、敵を作りたくないからよ。スペイン語を教えてもらうっていうのは、彼女と友達になる一番の近道だと思うの」

とっさに思いついたアイデアだったが、改めて考えてみると、ロブレス家に入りこみ、カミラと定期的に会う機会を作るには、うってつけの方法だ。

「カミラとはまだ二回くらいしか会っていないけど、かなり気性の激しいタイプであることは確かよ」グリアが言った。

先日、ニックも同様のことを言っていた。「でも、とにかく、ニックから頼まれているんだから、私はやるしかないのよ」

「だったら、十分用心することね。リュックから聞いたけど、カミラは長い間、ニックのことをひそかに思いつづけていたそうよ」オリヴィアが釘《くぎ》を刺すように言った。

「ロブレス家との友好関係を保つのはニックにとって重要なことなの。とにかく、なんとかしてカミラの気持ちをやわらげなくちゃならないのよ」

「ママの言うことは正しかったわね。あなたは平和の使者だわ」

グリアがパイパーの腕に手を置いた。「ニックは自分がどれほどの幸せ者かわかっていないでしょうね」

「いや、わかっているよ」ふいに深みのある力強い男性の声が、姉妹の会話に割りこんできた。

グリアはパイパーを抱き締めながら言った。「あなたの夫は妻と二人きりになりたいようよ。私たちは退散するわね」

グリアとオリヴィアはニックと抱擁を交わしてから、それぞれの部屋に引きあげていった。ドアが閉まり、彼と二人だけになると、パイパーの心臓は早鐘を打ちだした。

「今夜は君の迫真の演技のおかげで、父に中座されることもなくパーティを終えることができたよ」

パイパーは唇を嚙《か》み締めた。「そんなことになる可能性もあったと言うの？」

「ああ」

パイパーは身震いした。「どうしてそれを初めに言ってくれなかったのよ？」

沈黙が下りた。「これはよくよく考えた末の賭《かけ》なんだ。父には君のことを受け入れたくないという気持ちがある。ただ、その一方で、喪中の間、君が僕に近づこうとしなかったことに心を動かされてもいる。僕はそう思っているんだ。それに、君の絵はみんなを感激させた。本物の才能を見抜く目を持つ父も例外ではない。あの作品には、君の深い人間性と心の豊かさがにじみ出ていた。父の目には敬服の思いが表れていたよ」

パイパーは鋭く息を吸った。「ありがとう。私は、あなたのお父様が一人息子に期待を裏切られて、ひどく落胆されているようにしか見えなかったけど。ショックだったでしょうに、ご両親は本当に礼儀正しい態度で私に接してくださったわ」

「それにしても、父は君に歓迎のキスくらいすべきだったよ」驚くほど冷ややかな言葉が返ってきた。

「いいえ、ニック、そこまで求めるのは酷というものよ。いつの日か、殺人犯が無事逮捕されたら、ご家族にすべてを話してちょうだい。そのころには、私はあなたの前から姿を消しているから。そうしたら、親子の関係はまた元どおりになるわ。さてと、もしよければ、私はシャワーを浴びて寝る支度をしたいんだけど」パイパーはスーツケースを開けて、ローブとナイティを取り出した。そして、隣のバスルームに向かいながら言った。「あなたの身長では無理でしょうから、ソファには私が寝るわ」

ニックはクローゼットに予備の寝具が入っているのを見つけると、ソファをベッドに仕立てた。上掛けの上に、パイパーの好きなミルクチョコレートのトリュフを置く。愛する妻を喜ばせることをなにか一つでもしたかった。

今夜、パイパーは最初の関門を突破した。それも、ニックの予想をはるかに超えるすばらしい結果を残して。さっき彼女に、父親がパーティを中座する可能性もあったと言ったが、それは冗談ではなかった。結婚の報告を聞いたとたん激高し、退席したとしてもおかしくはなかったのだ。

しかし、実際に父親がとった行動はそのどちらでもなかった。それはひとえに、父もまた、〝意表をつく〟ダッチェス三姉妹の最後の一人に魅了されたからだろう。その形容は、リュックがかつてオリヴィアについて口にした言葉だ。

遠目に見ているだけでは、彼女たちの清楚《せいそ》な美貌《びぼう》の下に情熱的な心がひそんでいることはわからない。だが、ピッチョーネ号でのあの四日間で、パイパーたち三姉妹は、人を引きつけるさまざまな要素をあわせ持った、魅力の塊だということが証明されたのだった。

船の船長役を務めてほしいという、昨年六月のマックスからの電話がきっかけとなって、三つの結婚式が行われた。しかし、ニックはまだ、自分の結婚を本物にしていなかった。今夜は、すべてを忘れるほど熱烈に彼女を愛するのだ。

ニックがあれこれ考えていると、ピンクのタオル地のローブをまとったパイパーが歯磨のにおいをさせてやってきた。彼女はトリュフを手に取って言った。「まあ、これ、大好きなの。ありがとう」

「どういたしまして。ところで、明日は空港に向かう前にセニョール・ロブレスに電話をかけて、夜にでも家に招待しようと思うんだが、いいかい?」

「ええ、いいわ。私、カミラと仲よくなる作戦を考えたの。早く試してみたいわ」

「僕の新妻が任務を果たすところを見るのが待ちきれないよ」

「私も楽しみだわ。ゴンドラの事故を企てた犯人が早く逮捕されれば、それだけ早く私も元の生活に戻れるんですもの」

ニックは、ドゥカーレ宮殿の作戦室の壁にかかった剣でざくりと切りつけられたような痛みを胸に覚えた。「それは当分先の話だ」

「ええ。でも、ドンがいくら温厚な人柄でも、いつまでも仕事を押しつけているわけにはいかないわ」

パイパーはそう言うと、ソファに体を横たえ、上掛けを引っぱりあげた。「おやすみなさい、ニック。グリアとオリヴィアによると、私はいびきはかかないそうだから、きっとあなたもぐっすり眠れるわ」

ドンのことを持ち出されたうえに、ムードのかけらもない言葉をかけられ、ニックは暗い気持ちになった。さっきパーティで無理やりキスをしたとき、パイパーは熱い反応を示してくれた。あの記憶がなければ、一生眠れないだろう。次にパイパーの唇を奪うときは、その反応が演技などではないと確信できるまで、絶対に彼女を放しはしない。

5

スペインのマルベリャは、ヨーロッパのフロリダと言われている。ニックによれば、冬でも暖かく、ヨーロッパのどこよりも晴天の日が多いという。

キングストンはまたもや猛吹雪に見舞われているというのに、これから暖かな太陽の日差しの下、エキゾチックな花や椰子《やし》の木に囲まれて過ごせると思うと、パイパーは夢を見ているようだった。

マラガ空港からリムジンに乗り、海岸通りへ出たころにはもう三時になっていた。パイパーは青々と茂った葉の間から、今後しばらくの間住むことになる、スペイン様式とムーア様式の特徴をあわせ持つ白亜の豪邸を見た。そのまばゆいばかりの美しさに、体の芯《しん》からぞくぞくするような興奮を覚えた。

ニックにドアを開けてもらって車を降りると、屋敷に住み込みで働いている使用人頭のパキタとハイメの夫婦が、外に出てきてにこやかに出迎えてくれた。

ニックがパイパーのことを妻だと紹介しても、二人は顔色一つ変えなかった。それればかりか、流暢《りゅうちょう》な英語で驚くほど温かくパイパーに歓迎の意を示し、主人の結婚を心から祝福した。

使用人頭の夫婦が荷物を運んでいる間に、ニックはパイパーに、すぐれた芸術作品のような屋敷の中をざっと案内してくれた。

まず連れていかれたのは談話室だった。柱廊から外に出られる造りになっていて、豪華な調度品やタイル張りの暖炉が、永遠の休息を約束するかのような、ぬくもりに満ちた空間を作り出している。

次に向かった主寝室もすばらしかった。専用のテラスと庭がついていて、咲き乱れる花が部屋に明るさを添えている。タイル張りの石段を下りたところにプールを発見したときには、パイパーは感動のあまり思わず声をあげた。石段をさらに下ると、砂浜が現れ、その向こうには青い地中海が広がっていた。

南スペインは芸術家のパラダイスだ。しかし、パストラーナ家の屋敷ほどすばらしい場所に足を踏み入れることを許された者は少ない。ヴァラーノ一族のように王家の血を引く人間の特権なのだ。

大多数の人々はそうした人間を驚嘆の思いで眺めるだけだが、中にはその裕福な暮らしぶりに激しい憎悪を抱き、それを奪うために良心の呵責《かしゃく》もなく殺人を犯す者もいる。ニーナが窃盗事件に関与しているかどうかはわからないが、いずれにせよ、彼女はニックと婚約したがために、究極の代償を払うことになったのだ。

ニックは作戦を開始した。私は自分の任務に徹するのみだ。

ボディガードや、周囲にひそむ危険について思いをめぐらし、パイパーがぼんやりとその場にたたずんでいると、ニックがセクシーな白の水着姿で主寝室から現れた。彼女はあわてて目をそらした。

「一緒にプールで泳がないか？　空の旅の疲れを癒《いや》すには一番だよ」

パイパーは心臓が引っくり返りそうになった。

「そんなことより、まず荷物をほどいて、お客様を迎える支度をしなくちゃ」

「ロブレス家の人たちが来るのは、七時半以降だ。くつろぐ時間はたっぷりある」

「それなら、ドンに電話をするわ。今手がけている仕事の進捗《しんちょく》状況が知りたいの」

ニックは目を細めた。「どうぞ、ご自由に。ここはもう君の家だ。僕のものも適当に動かして、自由にスペースを使ってくれていいよ、いとしい人《ミ・アモール》。なんでも思うとおりにしてかまわない」

なんでも？

それなら、その胸に飛びこんで、あなたをずっと独り占めしていたい。でも、受けとめてはくれないでしょう？

「ありがとう」

「僕の書斎に君のオフィススペースを作っておいた。デスクに新しい携帯電話も置いてある」

ニックはパイパーのスーツケースをキングサイズのベッドの上にのせてくれた。ベッド。そう、これもあらかじめ話し合っておかなければならない問題の一つだ。寝る場所をどうするか……。どういう方法をとるにせよ、使用人たちの噂《うわさ》話の種にならないようにしなければ。

ニックがまだ部屋の中にいるのに気づき、パイパーは言った。「どうぞ、プールでくつろいできて」

「ああ。君も気が変わったら来るといい。待ってるよ」

パイパーは返事をしなかったが、ニックの誘いの言葉に体が震えていた。

ドレッサーの引き出しやクローゼットに自分のスペースをいくつか作ったころ、プールの方から水のはねる音が聞こえてきた。ニックのたくましい体が魚雷のように水を切って進むようすが目に浮かぶ。

ニックとの間に距離をおく必要を感じ、パイパーは急いで荷物を片づけると、ドンに電話をかけるために書斎へ向かった。

ニックの私室は、屋敷のほかの部屋とはだいぶ雰囲気が違っていた。広々とした部屋の四方の壁は、天井までびっしりと書物で埋め尽くされている。

ニックの専門分野の言語で書かれた何百冊もの本のタイトルを、パイパーは時のたつのも忘れて眺めた。ここは、根っからの学者である彼の聖域なのだ。

それから、遅ればせながらも自分がここに来た理由を思い出し、窓際にすえられた新品のデスクの上の真新しい携帯電話に手を伸ばした。メモが添えられており、ニックの筆跡と思われるきれいな字でメッセージが書かれていた。〈パイパーへ。これが君の新しい携帯電話の番号だ。電話番号の登録もしておいた。一番目が僕の、そのあとがグリアとオリヴィアの番号になっている〉

この屋敷の主人は几帳面《きちょうめん》で、何事にも抜かりがない。

少し触って使い方を確認したあと、パイパーはニューヨークに電話をかけた。だが、ドンは不在で、応じたのは留守番電話の応答メッセージだった。彼女は新しい携帯電話の番号を伝え、また明日かけると伝言を残して切った。

がっかりしたことに、姉たちも留守だった。パイパーは同じように新しい携帯電話の番号を伝えて電話を切った。そして、書斎を出る前に、反対側の窓際にしつらえられたニックの仕事スペースの方へ歩み寄った。

上質のマホガニーの巨大なデスクの上に、最新式のパソコン機器と並んで書物や法律用箋《ようせん》が置かれている。デスクに寄せられた革張りの椅子も立派だ。

パイパーの目はデスクの上の小さな額入りの写真に吸い寄せられた。そこには荷馬の背にまたがるニックとリュックとマックスが写っていた。まだ二十歳前だろうか。三人とも顎髭《あごひげ》を生やしている。

髪をぼさぼさに伸ばしたヴァラーノ一族の三人の姿は、文明社会を離れて冒険を楽しむ、西部開拓時代の辺境開拓者のようだ。

パイパーは写真を手に取ってしげしげと眺めた。まだ若く、むさくるしい身なりをしているにもかかわらず、三人はとてつもなく魅力的だ。これまで何人もの女性がニックと知り合い、彼のことを愛してきたのだと思うと、パイパーは焼けつくような痛みを胸に覚えた。

「それは、アラスカに砂金を採りに出かけたときのものだ」

ふいにニックの低い声がした。パイパーはあわてて写真を置き、振り返った。うっとりと彼の姿に見とれていたところを見られたのが恥ずかしかった。

「お宝なら、自分の家にもたくさんあるでしょうに」パイパーは軽口をたたいた。「でも、きっとあなたたちのことだから、自力で宝を見つけようとしたんでしょうね。成果はあった？」

「いや。それが、雷に怯《おび》えた馬たちが僕らの装備一式を背中にのせたまま山を下りてしまってね。二日間さがしまわってようやく見つけ出したんだが、そのころには天候がすっかり崩れていて、僕らはその場にとどまらざるをえなかった。あのときは飲まず食わずで、みんな五キロは痩《や》せたよ」

パイパーは笑った。「記念に写真を飾っておきたくなる気持ちもわかるわ。とんでもないことばかり起きた旅が、あとになってみると、一番思い出深く心に残るものなのよね」

ニックは首をかしげた。「それは、ピッチョーネ号での船旅も、今振り返ればそう悪いものではなかったということかい？」

パイパーは顔がかっと熱くなった。「ピッチョーネ号での船旅ってなんのこと？」心の中を驚くほど正確に読み取られたことを悟られまいと言い返す。「イタリアの留置場に無理やりほうりこまれたあの旅のことかしら？　それとも、必死の思いで自転車で逃げたのに、またもや港に逆戻りするはめになった旅の話かしらね？」

ニックは広い肩をすくめた。「どれでも選択は君にまかせるよ。追う僕らと同様、君たちも追われることを楽しんでいたと認めたらどうだい？」

パイパーは彼をにらみつけた。「ばかなことを言わないで。こっちは死ぬほど怖かったんだから！　この気持ち、一度女になってみたらわかるわ」

ニックは太い声で笑った。「いや、それは遠慮したいな、僕の奥さん《ミ・エスポーサ》。男に生まれてきたことを、僕は毎晩神に感謝しているんだ」

それはそうだろう。彼には思いを寄せている女性がいるのだから。

コンスエラ・ムニョスであれ、だれであれ、彼がほかの女性とつき合っていると思うと耐えがたい気持ちになり、パイパーはドアに向かった。

「どこに行くんだい？」

「シャワーを浴びて髪を洗ってくるわ」

「君の準備ができしだい、パキタがテラスに食事を用意してくれるそうだ」

「先に行っててくれる？　髪を乾かすのに時間がかかると思うから」

「ドライヤーを使うなら、アダプターを持っていってあげるよ」

パイパーがバスルームに入って間もなく、ニックがやってきた。彼はアダプターをコンセントに差しこむと、茶色の瞳で射抜くように彼女を見つめた。

二人とも服を着ているにもかかわらず、こうしてニックに近くに立たれると、パイパーは不思議なほど自分が無防備になった気がした。いても立ってもいられず、あわてて広い寝室へ出る。

「あの、ベッドのことなんだけど――」パイパーは唐突に切り出した。

「なんだい？」

「どうしたらいいかしら。使用人たちに不審に思われないようにしなくちゃならないでしょ？」

「毎晩、同じベッドで寝ればいい。ただ、なにもしないってだけさ」

今やパイパーの体は燃えるように熱くなっていた。

「そんなの、最初の取り決めにはなかったわ」

「いや、僕は結婚しようと言ったんだ。一緒のベッドで寝ることは暗黙の条件だよ。もし自分の身が心配なら、毎晩僕のスキーウエアを着て寝ればいい」

ニックは部屋から出ていこうとして、戸口で立ちどまった。「君がいびきをかかないというのは、なによりだ。僕のほうも、これまでつき合った数少ない女性たちからその点で苦情を言われたことはない」

渡り廊下の掃除をしていたパキタに、パイパーの食事の用意をしてもらうよう頼んだところで、ニックの携帯電話が鳴った。父親からの電話であることは、発信者番号を見ずともわかった。

昨夜のパーティのあと、両親がマルベリャに取って返したことは、リュックから聞いて知っていた。驚くには当たらない。自分に義理の娘ができ、息子の結婚に関してはもはやなんの手立ても講じられないとわかった父は、とてもファルコン家に安穏ととどまっていることなどできなかったはずだ。

ニックは通話ボタンを押した。「やあ、お父さん」

「今そちらへ向かっているところだ。ちょっと私の車まで来られないか。二分後に中庭で待っている」

電話はそこで唐突に切れた。

今回のことが父親にどれほど大きなショックを与えたか、ニックはよく承知していた。パイパーが自分にとってこれほどまでに大切な存在でなければ、父と顔を合わせることが怖くてたまらなかっただろう。父に恐れをなしているのではない。頑固者の父との間に埋められない溝ができてしまうのではないかと心配だからだ。

フアン・カルロス・デ・パストラーナは立派な人物だが、融通のきかないところがある。パイパーはいずれ、ダッチェス三姉妹に共通する明るい人柄で父の心をとりこにし、愛を勝ち取ることだろう。だが、一晩でというわけにはいかない。今の父は両家の縁組を心待ちにしてきた友人のベニートに代わって怒りを燃やしているのだ。ニックは、どんな非難の言葉も受けとめようと覚悟を決めた。

しかし、屋敷を出て車に向かい、運転席に座る父親の隣に腰を下ろしたニックに浴びせられた言葉は、予想を超えるものだった。

「パイパー・ダッチェスとの結婚をただちに無効にしなければ、私はおまえを勘当する。三十分だけ考える時間をやるから、気持ちが決まったら電話してくれ」

「まさか、本気じゃないでしょう、お父さん」

父はこれまで一度も息子に期待を裏切られたことがない。だから今度も自分の言うことを聞くものと思っているのだ。不本意だが、ここは父のはったりを受けて立つしかないだろうと、ニックは考えた。今の言葉がはったりであればの話だが……。

もしそうでなかった場合には、これが父との正真正銘の決別となる。パイパーは僕にとっての全世界なのだ。彼女のいない人生など生きる意味がない。

「とにかく三十分だ」父親は体をこわばらせ、かたくなに繰り返した。

「考える時間などいりませんよ、お父さん。僕の決意は固いですから」

「では、明日の朝までに、家から出ていってくれ。そして、私の人生からも」

お父さんの人生からも？

ニックは、目をそむける父親を見つめた。「お考えはわかりました。残念です、お父さん。お父さんのことは心から慕っています。でも、パイパーは僕の命そのものなんです」

「早く降りてくれ」

「その前に、お耳に入れておきたいことがあります。お話ししないですむならそれに越したことはなかったんですが」すべてを明かすつもりはなかった。ただ、父親にほんの少しだけでもいいから真実に目を向けてもらいたかった。「僕はニーナを愛していませんでした。実は、ニーナが亡くなったあの日、事故の直前に、僕は彼女との婚約を解消していたんです」

父親は驚いて、白髪交じりの頭をのけぞらせた。

「それだけではありません」ニックは言った。「婚約解消の話をしたあと、彼女は山小屋を出ていきました。そして、そのあとリュックが偶然目撃したんです。命を落とすことになったあのゴンドラに乗る前、彼女が男と抱き合っていたのを。結局、親の希望にそうよう努めていただけで、僕らはお互い幸せではなかったということですよ」反論しかけた父親をさえぎってさらに続ける。「別に僕の話を信じてくれなくてもけっこうです。甥《おい》に電話をかけて自分で確かめてください。リュックは現場を目撃した証人として、その男がニーナの恋人であるという根拠を示してくれるでしょう。二人は、恋人同士としか考えられないほど激しく情熱的に抱擁を交わしていたそうです」

長い沈黙が下りた。やがて、父親がかすれた声で言った。「私の知るニーナには似つかわしくない話だ」

「彼女が別の男とつき合っていたなんて、僕も驚きました。もしも僕があの日、自分の本当の気持ちをニーナに告白していなかったら、そして、もしもあんな事故が起きていなかったら、彼女は僕との結婚をどうするつもりだったのか……。今となっては知りようもありません。娘がほかの男とつき合っていたなどと知ったら、ベニートとイネスはひどいショックを受けるでしょう。だから僕は、二人にはこのことについてなにも話していないし、これからも言うつもりはありません。お父さんにわかってもらいたかったのは、あのまま話を進めていても、ニーナと僕の結婚は悲惨な結果に終わっていたということです。カミラと僕の結婚がおそらくうまくいかないのと同じように」

父親は運転席で落ち着かなげに体を動かした。カミラの名前が出たことで動揺している明らかな証拠だ。この予期せぬ話が父親に相当な混乱を与えているのは確かだった。

「お互い口に出したことはありませんが、ベニートとイネスがカミラを我が家に嫁がせようとしていることはお父さんも僕も知っている」ニックが言うと、父親はまるで無意識のうちにそれを認めるようにうつむいた。「でも、いずれわかるなら、僕が結婚したことは今夜のうちに知らせたほうが、結局のところ、カミラやベニートやイネスに対して親切なんじゃないでしょうか」

父親は鋭く息を吸った。「しかし、ベニートは驚いて卒倒しかねない。おまえはそこのところがわかっているのかね？」

「なにが起きても不思議はないと覚悟していますよ、お父さん。ただ、これがいかに受け入れがたい話であれ、ベニートは、僕のニーナに対する哀悼の意が足りなかったとは言えないはずです。パイパーは、ロブレス家の人たちがお父さんにとって大切な友人だということを知っています。今回の彼女との結婚で、両家の間がしばらくはぎくしゃくしてしまうとも。だから、彼女は精いっぱいロブレス家に思いやりを持って接するつもりでいるんです。ベニートとイネスがこの結婚に対して怒りを覚えたとしたら、我が家とは縁を切るとでも言ってくるでしょう。けれど、ここで一つ救いなのは、ロブレス家が縁を切る相手はお父さんではなく僕だということです。責められるのは僕であって、お父さんではないんです」ニックはそこであえてつけ加えた。「お父さんたちの友情が壊れることはありませんよ。一人息子

「ゆうべカルロス叔父さんの見せた、いちおう結婚を認めたような態度はまったくの演技だったというわけか」

「そうなんだ。数分前、父はここに来て、僕に最後通牒《つうちょう》を突きつけた。そして、僕は答えを出した」

「叔父さんになんと言われたかは想像がつくよ。彼女と別れろ、さもなくば――」

「おまえを勘当する」

「ああ。勘当だって？　そこまで言ったのか」

「ああ。僕はパイパーを選ぶと答えた。それで、明日の朝までにマルベリャの家から出ていかなければならなくなったんだ」

「そんなばかな！」リュックはフランス語で続けざまに悪態をついた。

「別れる前、父に宿題を渡しておいたよ。あとでじっくり考えてもらうようにね。君のところへ父から確認の電話が入るかもしれないが、驚かないでくれ。ベニートに関しては、僕がパイパーを選んで父を勘当したと言えば、ベニートの気持ちもやわらぐはずです」

その言葉を最後に、ニックは車から降りてドアを閉めた。父親はしばらくそのまま動かずにいたが、やがて車を発進させた。

それを見届けるなり、ニックは携帯電話を取り出し、リュックの番号を押した。そして、彼が電話に出ると、すぐに確認した。「今、一人か？」

「マックスと二人で女性陣を待っているところだ。これから夕食に出かけようと思ってね。また夜にでも電話をくれないか？　何時でもかまわない。君の爆弾発言に、セニョール・ロブレスがどんな反応を見せたか、ぜひ聞かせてもらいたいからね」

「ちょっと状況が変わった。実は、父のほうが僕に爆弾発言をしたんだ」

「大きな爆弾か？」

「ああ」

れ」

「なんの確認だ？」

「ニーナに別の男がいたことだよ」

「おまえ、叔父さんに全部しゃべったのか？」

「いや、殺人犯が逃亡中だということや、事件にまつわるさまざまな疑惑については話していない」

「ちょっと待ってくれ、ニック。マックスが、なんの話をしているのか知りたがっている」しばらく二人が話す声が聞こえてから、今度はマックスが電話に出てきた。

「カルロス叔父さんが血迷ってしまって大変だな、ニック。でも、大丈夫。まだこの先、どうとでも修復がきくことだ」

「父との対立はもともと避けられないものだった。僕が心配なのは、パイパーのことだよ。彼女が僕との結婚を承諾したのは、ひとえにロブレス家に潜入するスパイとしての役割を求められているからだ。場合によっては、ベニートがかんかんに怒りだして、作戦の遂行はむずかしくなるかもしれない」

「ご心配なく。君たちが来客を迎える準備をしている間に、僕はリュックと、計画が失敗した場合の代替案を考えておくよ」

「ありがとう、マックス。君たちにはいつも世話になりっぱなしだな」

「僕ら三人は一生、持ちつ持たれつの関係でいくのさ。それじゃ《チャオ》」

「チャオ」

ニックが屋敷に戻ると、パイパーがテラスで、パキタの料理した蟹《かに》サラダの最後の一口を食べているところだった。洗いたての髪が風にそよぐのを見て、彼は全身の神経がざわめくのを感じた。アクアブルーのコットンのブラウスとスカートに包まれたその体も魅力的だ。

パイパーの視線がニックをとらえた。「なにかあったの？」彼女は出し抜けに言った。

「どうしてわかる？」

「だって、顎がこわばっているもの。なんの悩みもないときのあなたは、もっとくつろいだ顔をしているわ」

「実は、父がさっき僕を訪ねてきたんだ」

「今夜の集まりのことで、お父様も気が重いんでしょうね」

ニックはパイパーの向かいの椅子の背に手をかけた。「父はもろもろの事情を考え合わせて、僕らの結婚発表はセニョール・ロブレスに並たいていでないショックを与えるのではないかと不安を覚えている」

パイパーは椅子を引いて立ちあがった。「お父様は、今夜パーティを開くことに反対なのね？」

「ああ、そうだ。でも、中止にはしない。父のことを話したのは、僕の両親が出席しなくても驚かないよう、君に心づもりをしてほしかったからだ」不安げなようすのパイパーを見て、ニックは続けた。

「どうしてパーティを予定どおりに行わなければならないか、シニョーレ・バルツィーニに電話をかけて、説明してもらわなければならないかな？　これは人命にかかわる問題なんだ。彼はこの事件の捜査の総指揮をとっている。たった一つのミスで、すべてが水の泡になってしまうんだよ」

パイパーはニックと目を合わせようとしない。

「もちろん、私だって計画を危険にさらすのはいやよ。でも、今夜のことでお父様はきっと大変な心労をかかえてしまうわ」

「本当に人のためになろうと思えば、ときには心を鬼にすることも必要だ、パイパー。僕の父とベニートが懇意にしていることから、カミラはこの一年間ずっと、自分がいずれは僕と結婚するものと思いこんできた。一刻も早くその誤解を解いてやるのが彼女のためだとは思わないか?」

パイパーはニックの方にぱっと顔を向けた。「ええ、それはそうよ」彼女は身を乗り出して続けた。「パーティにはゆうべと同じあのスーツを着たほうがいい?」

「いや。その格好のままでまったく問題ないよ。ラフな服装の二人を見てもらえば、僕の思いがロブレス家の人たちによく伝わるというものだ」

「〝身分のつり合わないアメリカ人女性と結婚しました。だからこんな生活に甘んじています〟っていう思い?」

「いや、〝心から愛する女性と結婚しました。これが本当の僕です〟っていう思いだよ」

パイパーは皮肉っぽい笑みを浮かべた。「まったく、すばらしい演技力ね。危うく私までだまされるところだったわ、ピッチョーネ号の船長さん」

「あのときのことは、どうしても許してもらえないのかい? 姉さんたちはピッチョーネ号での僕らの秘密捜査員ぶりを笑い話にしてくれているのに」

「だって、グリアもオリヴィアも夫に夢中だもの。去年の六月、邪悪な地中海のプレイボーイ三人組の手から逃れるために、救援隊としてボーイフレンドを呼びつけようとしたことなんて、すっかり忘れているんだから」

ニックはにっこりした。「例のヒューイ、リューイ、デューイのことかい? もし呼び出されていたら、三人はどんな方法で君たちを救うという奇跡をなし遂げていたんだろう?」

「三人は州兵なの。きっと軍用輸送機で駆けつけて私たちを救い出してくれていたに違いないわ。ひょっとすると、潜水工作員用のウエットスーツに身を固めて、パラシュート降下していたかも」

「潜水工作員?」ニックは笑った。

「ええ、三人は水難救助のスペシャリストなのよ。

までグリアの評価だから」

「君の基準はまた別というわけか」

「私の基準はパパよ。でも、これまで出会っただれ一人として、その基準には満たなかったわ」

「お父さんのような人をさがしているんだね？」

「父はすばらしい夫だって、母がいつも言っていたもの」

「お父さんのことを聞きたいな。君はお父さんのお気に入りだったのかい？」

「私たちは三人とも父のお気に入りだったわ。そういう父だからこそ、すばらしいのよ」

「間違ったことなんて決してしない人だったんだろうな。それとも、なにか一つくらいは過ちを犯したんだろうか？」

「犯したわ」パイパーは喉を震わせた。「死んじゃったっていう過ちをね」

リュックに杖《つえ》で撃退される前に、まんまとピッチョーネ号に乗りこんでいたでしょう」

ニックはさらに大きな笑い声をあげた。「潜水工作員とダイビング上級者の勝負か。そりゃ、潜水工作員に一点だ」

「そんな言い方、失礼だわ」

ニックはにやりとした。「そうかい？　もし間違っていたら言ってくれ。ダッチェス家の三姉妹は、自分たちにかかわった男をいつも十点満点で評価していた。そして、潜水工作員はせいぜい四、五点というところ。マックスとリュックは、最終的にその評価の目盛りをはるかに超えてしまった」

「あなたもね」

パイパーの思いがけない言葉に、ニックの体をアドレナリンがいっきに駆けめぐった。「それは初耳だな」

「あまり図にのらないほうがいいわよ。それはあく

6

パイパーは感情が高ぶり、心の内をさらけ出してしまいそうになった。死ぬほど愛しているとニックに伝えたいという気持ちが、危険なまでに高まっている。なんとか落ち着かなければ。

「そろそろ日も陰ってきたから、中に入るわ」そう言うと、パイパーは足早に主寝室へ入り、そのまま廊下に出ようとした。だが、そこでニックに呼びとめられた。

「忘れ物だよ」

パイパーは戸口で立ちどまり、振り返った。

ニックはドレッサーの上の陶器の皿に置かれていた真珠の指輪を掲げている。さっき髪を洗うときにはずしたまま、つけ忘れていたのだ。

「これがなくちゃ、僕の花嫁じゃない」

ニックが近づいてきて、昨夜と同様に、パイパーの手を支えて薬指に指輪をすべらせる。彼女は思わず小さくうめき声をもらした。

ニックは彼女にさぐるようなまなざしを向けた。

「震えているね」

まるで火に触れたかのように、パイパーはさっと手を引っこめた。「カミラの気性の激しさについて私に警告したのはあなただけじゃないわ。グリアとオリヴィアも心配しているの。かつては自分の姉の指にはまっていた指輪を私が身につけているのを見たりしたら、なにをするかわからないって」

「君たちは思い違いをしている。ニーナがつけていたのは、僕の父がパストラーナ家に伝わる家宝から選んだダイヤモンドの指輪で、僕が君に贈ったのはパルマ女公爵の真珠だ」

「パルマ女公爵って、あのマリー・ルイーズのこと？」パイパーはあえぐような声をあげた。

「ほかにだれがいる？　この指輪は盗まれたコレクションの一部で、去年の八月、ロンドンのオークションで見つかったものだ。結局、取り戻すのに、一財産はたくことになったよ」

パイパーはかぶりを振った。「今の話、聞かなければよかった。この指輪になにかあったらって、ますます怖くなってしまったわ。やっぱりこれは私なんかがつけていいものじゃないわよ」

ニックの目が荒々しい光を放った。「ダッチェス家の家宝のペンダントを身につけてヨーロッパにやってきた君以上に、これをつけるにふさわしい人間がいるかい？　僕に言わせれば、女公爵の末裔《まつえい》の君以外に、この指輪をはめる権利を持つ者はいないと思うがね」

「でも、あなた、ダッチェスの姓はもともとフランス語の綴《つづ》りだったから、うちはイタリア系の血は引いていないはずだって言ってたじゃない！」

ニックは唇をすぼめた。「それは、シニョーレ・ロッシが、ペンダントのオリジナルは二つあるという事実を突きとめる前の話だ。ナポレオンはフランスの皇帝だった。マリー・ルイーズはその二番目の妻だ。彼女の孫娘が修道僧と恋仲にあって、その子供の子孫によってペンダントがアメリカに渡ったという例の言い伝えが真実だったという可能性も、十分に考えられる。僕はその修道僧がフランス人だったかもしれないと考えているんだ」

「言い伝えのことなんて私はどうでもいいのよ。とにかく、この指輪はコロルノのドゥカーレ宮殿に戻すべきものだわ！」

「強盗が再びそれを盗もうと、殺人もいとわず押し入るかもしれない場所にかい？」ニックの声には穏やかながらも脅すような響きがあった。「指輪は、君が身につけているほうがはるかに安全なんだよ。さあ、もう居間へ移動しよう。お客もまもなく到着するはずだ」

ニックとの距離をとろうと、パイパーは急ぎ足で歩いた。彼の先に立って居間へ入ると、驚いたことに、そこにはすでにニックの両親が顔をそろえ、二人でグラスを傾けていた。

今夜は出席してもらえないかもしれないとニックから聞かされていただけに、息子の面目を保つために重い腰を上げてこの場に臨んだセニョール・デ・パストラーナの姿を見たときは、喜びもひとしおだった。けれど、今夜のパーティが、ニックにとってつらいものであることに変わりはない。

ニーナを愛していなかったとはいえ、彼は幼いころからロブレス一家と親しくしてきたのだ。一家の心を傷つけることになると思うと、たまらない気持ちだろう。

長いことニックの父親を見つめていたパイパーは、母親と抱き合っているニックに視線を移した。息子と短い会話を交わしたあと、母親は暖炉のそばを離れ、パイパーのもとへやってきた。二人が抱擁を交わしているとき、玄関の方で人声がした。ほどなく、ニックがロブレス家の面々を伴って現れた。優雅に着飾った親子三人の姿は、洗練をきわめたスペインの上流階級を絵に描《か》いたようだった。

カミラは母親と同様、さほど背は高くないが、見事なプロポーションをしていた。豊かな黒髪をねじって頭の上でまとめ、真珠の櫛《くし》でとめている。身を包んでいるのは華やかなワインレッドのドレスだ。

ニックはスペイン語でロブレス家の三人の応対をしていたが、カミラの目は彼に釘《くぎ》づけだった。無理もない。ニックは、道行く女性たちが振り返るほどすてきな男性なのだから。かわいそうに、そんな彼の姿を、カミラはもう何年も見つづけてきたのだ。

自分の姉の喪に服している相手に遠くから思いを寄せるのは、どれほどつらいことだっただろう。

ニックは正しい。カミラにはできるだけ早く真実を教えてあげなければ。彼がもはや手の届かない存在だとわかれば、カミラもそのあふれる思慕の念をほかの男性に振り向けることができるのだ。

そのとき、パイパーの心を読んだかのように、ニックが彼女の視線をとらえた。彼が英語で言うのが聞こえる。「カミラ、ちょっとこっちへ来てくれないか。僕の大切な人を紹介したいんだ」

まだパイパーの隣にいたニックの母親の横に、セニョール・デ・パストラーナが並んだ。まるで古代の戦場風景を見るようだった。敵と味方がおのおのの軍旗のうしろに横一列に並び、突撃の時を待っている。

ニックが隣に来ると、パイパーの呼吸は大きく乱れた。彼はまるで自分のものだというようにパイパーの肩に腕をまわして言った。「こちらは、パイパー・ダッチェス。元義理の従妹《いとこ》、そして今は妻の、セニョーラ・デ・パストラーナです」

耳をおおいたくなるほどの沈黙が広がった。

「君は結婚したというのか？」ベニート・ロブレスが声を震わせた。

「ええ、ベニート。話せば長くなりますが。ニーナが亡くなったあと、僕はこの先どうやって生きていけばいいのかわからなくて、何カ月もの間、悲嘆にくれていました。そんなとき、マックスからダッチェス・ペンダントを見つけたという電話をもらったんです。聞けば、アメリカからやってきたダッチェスという名の三姉妹が身につけているとのことで、調査をしたいから協力してくれと頼まれました。そして、彼女たちとの出会いは、僕にとって生涯忘れられないものとなりました。三人の存在は、言ってみれば、長いことさまよいつづけていた闇《やみ》に差した一筋の光だったのです。二人の従兄弟《いとこ》は次々と彼女たちの魅力のとりこになっていきました。でも、喪中の身だった僕は、自分にも三姉妹の一人との間に同じことが起きていようとは考えもしませんでした。それが、先日、仕事でニューヨークに出かけたとき、僕は彼女のオフィスに立ち寄り、そのことがきっかけで……」ニックは言いよどんだ。

こんな説明をするのがニックにとってどれほどつらいことか、パイパーにはよくわかっていた。そろそろ助け船を出すときだ。

「喪が明けて、彼が会いに来てくれたらと、私はずっと願いつづけていました」パイパーはそう言うと、ショックに見開かれた三組の茶色の瞳をじっと見つめた。「だから、オフィスの受付にニックが来ているとアシスタントに知らされたときは、自分が夢を見ているのかと思いました」落ち着かなげに唇を舌で湿し、先を続ける。「私はピッチョーネ号でニックに恋をしてしまったんです。けれど、ニックの従兄弟たちの話で、彼がニーナの喪に服していることを知りました。それで、彼にはなにも求めてはいけないのだと悟り、姉の結婚式のあと、ニューヨークに戻りました。以来、ヨーロッパを訪れたのは、ただ一度、オリヴィアの結婚式のときだけです。私には、ニューヨークにトムというボーイフレンドがいました。その彼からプロポーズされ、私は承諾しようと思いました。でも、返事をする直前になって、やはり彼とは一緒になれないと気づいたのです」そこで視線をカミラに向け、彼女の目をまっすぐに見つめた。「愛していない人とは結婚できません。別れるとき、トムは私をなじりました。君はニックを愛しているのだろうと。私は、そうだと認めました。ただ、ニックは喪中の身だから今後はもう会う機会もないだろうとも話しました」

パイパーはベニート・ロブレスに視線を移した。

彼の目は異様なまでにぎらぎらと光っていた。それが怒りのせいか、苦悩のせいかは定かでない。おそらくはその両方だろう。なにしろ、結婚によって両家を結びつけるという彼のもくろみは、無残に打ち砕かれてしまったのだから。

「オフィスを訪ねてきたニックに、服喪期間が終わったことを知らされたとき、あまり喜んでいるように思われてもいけないので、私は彼への気持ちを隠していました。でも、いきなり彼に結婚しようと言われ、私の世界は一変したのです」パイパーははらはらと涙をこぼしながら言った。「ニックは、あなたがたご一家のことを心から大切に思っています。それで、この結婚の話は、噂《うわさ》の広まらない今夜のうちにどうしても皆さんのお耳に入れておかなければと考えたのです」一瞬言葉を切り、息を継ぐ。「セニョール、ニーナはこれからも永遠にニックの心の中で生きつづけるでしょう。私はそのことを重々承知しています。ニックの従兄弟たちからも、ニーナは彼の最愛の人だったとうかがっていますから。でも、人は、愛する相手を失ったら、もう二度と恋をしてはいけないということはないと思うんです」声を震わせつつも、彼女は静かに宣言した。「私はニックを愛しています。だから、あなたのお嬢さんが彼を幸せにするはずだった分だけ、彼を幸せにしてあげたいんです」

そこで今度はイネス・ロブレスに視線を向けた。「ここにいるみんなが友人になれればと思います。もちろん、私はニーナの代わりにはなれないでしょう。お嬢さんのお写真を見せていただきましたが、本当にお美しい方でした」とっさの思いつきで、パイパーはイネスの手を握った。「ニックのお父様はお二人のお嬢さんを実の娘同然にかわいがっていらしたと聞いています。どうか、私たちがこうして結婚しても、両家の友情が損なわれることなく、変わらずに続きますように」そして、さらにカミラに向かって続ける。「あなたがたご家族とお近づきになれればうれしいです。両親を亡くしたうえ、姉と妹が結婚し、私はとても心細い思いをしてきました。だから友人が必要なんです」

この時点でイネスとシニョーラ・デ・パストラーナはすすり泣きを始めていた。パイパーはニックの母親から渡されたハンカチを感謝の気持ちをこめて受け取り、頬を伝う涙をふいた。

しかし、両家の父親とカミラは黙りこんでいる。その場の空気はナイフで切り裂けるほど張りつめていた。

緊張を破ったのはイネスだった。うれしいことに、彼女はパイパーに歩み寄り、両頬にキスをした。そして、両手でニックの顔を包みこんで言った。「あなたと奥様を我が家はいつでも歓迎しますよ」

ニックの美しい茶色の瞳が涙できらりと光った。

「ありがとうございます。今の言葉がどれほどうれしいことか」彼はそう言ってイネスを抱き締めた。

そして、表情は硬いながらもついにはベニートがパイパーに歩み寄った。「おめでとう、セニョーラ・デ・パストラーナ」彼は堂々たる物腰で、真珠の指輪が光るパイパーの左手を取り、その甲にキスをした。

「ありがとうございます、セニョール・ローブレス」

ニックはパイパーの腰にまわした手に力をこめると、みんなに向かって言った。「よろしければ、ダイニングルームの方に行きませんか？　パキタに軽い食事を用意してもらっているんです」

それを聞いてカミラが顔をしかめた。「せっかくですけど、今日はお茶だけのつもりでいましたの。私、今夜は別の約束があって」

両親が娘をたしなめようとするのを見て、パイパーはすかさずカミラにほほえみかけた。「あなたと会うのを心待ちにしている男性がいらっしゃるんですね。ご両親はニックがご自宅までお送りします。どうぞ、楽しい時を過ごしてきてください。近々、我が家でランチでもご一緒しましょう。私はまだスペイン語もろくに話せなくて。いろいろ教えていただきたいですわ」

「もちろん、喜んで」黙りこくっているカミラの代わりにイネスが答えた。

「車まで送るよ、カミラ」ニックが言った。ショックに打ちのめされたカミラの心境を彼も理解しているのだ。確かに、こんな立場に置かれたら、逃げ帰りたくなるだろう。

カミラはいとまを告げ、ニックとともに部屋を出た。

パイパーは残った人々に向き直って言った。「二人は話もあると思いますから、私たちは先にダイニングルームに行って食事を始めていましょう」

ニックは当分戻ってこないだろう。パイパーはそう思っていた。ところが、魚のスープがテーブルに並ぶころ、彼はダイニングルームに姿を現し、パイパーの隣に座った。そして気がつくと、テーブルの下で手を伸ばし、彼女の腿をつかんでいた。おそらく感謝の念を伝えているのだろう。だが、パイパーにしてみれば、ほかの方法にしてもらいたかった。

熱い快感の渦が全身に広がる。ニックはロブレス夫妻に気を遣って、こっそり触れているのだろうが、かえって始末が悪かった。なにしろ、身をかわすこともできなければ、やめてほしいと頼むこともできないのだから。

テーブルの話題は、パイパーがヨーロッパに持ってきた絵のことに移っていた。ニックの母親がほめそやしている。

ニックはグラスのワインを飲みほした。「パイパーは本当にすばらしい画家なんです。最初は肖像画まで描くとは知らなかったんですが、この間、ニューヨークの彼女のアパートメントに行ったら、壁に両親の絵がかかっていましてね。実に見事な作品だった」

そのとき、それまで静かだったニックの父親が、ベニートの方を向いてふいに口を開いた。「君の誕生日は来月だったね。義理の娘に最初に書いてもらう絵は、君とイネスの肖像画にしよう。私たちからのバースデープレゼントだ」

「お二人の絵を描かせていただけるなんて、光栄ですわ」パイパーは感激をにじませながらも、穏やかな口調で言った。「お二人はアンダルシアにとてもすてきなお屋敷をお持ちだとニックから聞いています、セニョール・ロブレス。お気に入りのお部屋かお庭で何枚か描かせていただきますわ。どこか、光が十分に差しこむ明るい場所がいいでしょう。そうすれば、髪の輝きが引きたちますもの」

「髪?」ベニートがけげんな顔で言った。

「ええ。女性の髪は無上の誇りとよく言われますが、それはスペインの男性にも当てはまると思うんです。アンダルシアの人々ほどすてきな髪の色と顔立ちをした民族を、私は見たことがありませんわ」

「しかし、君の義理の娘さんは、まず君とマリアの絵を描きたいのではないかな?」ベニートは年来の友人に向かってそう言ったものの、その顔には満足げな表情が浮かんでいる。

「彼女が僕の両親の絵を描く機会はまたありますよ」ニックは椅子から立ちあがり、サイドボードの方へ歩み寄った。「人生は長いんですから。それより、コニャックをいかがです?」そう言うと、彼はみんなに飲み物をついでまわった。

それをきっかけに、パーティはお開きとなり、ニックの両親がロブレス夫妻に送っていくと声をかけた。ニックは中庭までみんなを送っていった。そして、戻ってきて玄関のドアを閉めるなり、パイパーを抱きあげた。

「ニック、下ろして。なにをするのよ?」

ニックはパイパーを抱いたまま、ぐるぐるまわり、彼女の体を高く持ちあげた。彼の瞳は興奮できらめいている。こんなに生き生きとした表情の彼を見るのは初めてだった。

「やった、大成功だ! 父とベニートは、今までどおり仲よく話をしていた。こんな偉業をやってのけられるのは、ダッチェス家の三つ子だけだ。さあ、おいで、僕のいとしい人《ミ・コラソン》」

「どこに行くの?」庭の方に歩きだすニックに、パイパーは尋ねた。

「次の手を考えるためにプールで作戦会議を開くのさ」

「そんな、外は寒いわ」

「水の申し子の君なら平気だよ。いやだと言っても連れていく。僕より早く泳げたら、ごほうびをあげよう」そう言うと、ニックは男らしい深みのある声で笑った。

その笑い声に全身の細胞を刺激され、パイパーは記録破りの速さで水着に着替えた。それでも、彼女が水に飛びこんだときには、ニックはすでにプールに入り、立ち泳ぎをしていた。丸屋根つきの渡り廊下の柔らかな光が、彼のたくましい体の線をくっきりと浮かびあがらせている。罪深いほど魅力的な姿に、パイパーはどうしようもないほど心を引きつけられた。

「両家を前にしての、あの君の愛の告白がなかったら、今ごろは僕らの結婚のせいで、スペイン版百年戦争が勃発《ぼっぱつ》していたことだろう」

「結局、あなたのご両親もパーティに出席してくれたし、すべてがうまくいって本当によかったわ。ニーナのご両親の肖像画を描いてくれってお父様に頼まれたときは、とってもうれしかった」

「また君の受け答えが心をくすぐったね。あれではベニートも君を責める気にはなれなかっただろう」

ニックはそう言いながら、目を細めてパイパーの顔や体の線をたどった。やがてその視線が脚に下りていく。〝体がとろけそうな〟というのはまさにこのような感覚を言うのだろう。

パイパーは彼の視線を意識していることを悟られまいと、仰向けに浮かんで力強く水を蹴《け》った。

「パイパー？」

名前を呼ばれてはっと我に返り、彼女は泳ぎをやめた。「なあに？」心臓が早鐘のように打っている。

ニックはほほえんだ。「さっき車まで送っていったとき、みんなに話しておいたよ。明日の夕方、敷地内のチャペルで結婚式を挙げるから、来てくれって」

パイパーはあわてた。「そんな必要は――」確かに彼はミスター・カールソンや自分の父親にそう言っていた。でも、まさか本当に実行するとは！

パイパーはプールの端まで泳いでいき、水から上がった。すぐに追いついたニックが彼女の足首をつかんだ。

「これもシニョーレ・バルツィーニの計画の一部なんだ。ちゃんとチャペルで挙式すれば、まわりは僕らが本当に愛し合って結婚したと信じこむだろう。司祭の祝福の言葉で僕らは一生をともにする夫婦と認められて、父とベニートの間にも新たな友好関係が生まれる。それによって、君もゆくゆくはカミラの信頼を勝ち取ることができるというわけだ。なにより、式を挙げれば姉さんと妹さんが喜ぶだろう」

それはそうだ。ニックの言うことはいつでも筋が通っている。

「今、彼女たちに電話をかけて、自分で結婚式のことを話すかい？　それとも、僕のほうでリュックとマックスに連絡しておこうか」

パイパーはじりじりとあとずさり、ニックの手から逃れた。「自分でするわ」

ニックはプールサイドに手をついて水から上がり、彼女の前に立った。「それじゃ、君が話している間、僕は書斎で司祭に連絡して、式の手はずを整えておくよ。まずシャワーを浴びておいで」

パイパーは急いで屋敷に戻り、ニックに言われたとおりバスルームへ向かった。シャワーを浴びながら、彼女は震えていた。それは寒さのせいではなく恐れのためだった。明日の今ごろには、私は神の前でニックと夫婦の誓いを立てているのだ。

タオルで体をふいたあと、パイパーはナイティを着て、その上からさらにタオル地のローブをはおった。スキーウエアとまではいかないが、厚手の生地で全身をすっぽりおおう格好になる。髪もまだ濡《ぬ》れたままで、とても魅力的とは言えない姿だが、今はこのほうがいいだろう。

パイパーはドレッサーの引き出しから携帯電話を取り出すと、グリアの番号を押した。

「もしもし？」

「グリア？　私よ」

「ああ、パイパー、よかったわ。夕食から戻ってきて、私たち、ずっとリュックの部屋のテラスで、あなたたちからの報告の電話を待っていたの」

「みんなに伝えてちょうだい。信じられないほどすばらしい結果になったって。カミラはパーティの途中で引きあげたけど、ニックのお父様とセニョール・ロブレスは最後までいて、仲たがいすることもなく一緒に帰ったわ。とりあえず全面衝突は避けられたって、ニックも言ってるの」

「それはなによりのニュースだわ。ちょっと待っててね。話を伝えるから。みんな、詳しいことが聞きたくてうずうずしているのよ」

今度のことがもし失敗に終わっていたらと思うとぞっとする。グリアが電話口に戻ってくるのを待ちながら、パイパーは思わず身震いした。

「もしもし、話したわ。リュックが言うには、二人が熱烈に愛し合っていることはだれの目にも明らかだったんだろうって。これでこの結婚を認めないとしたら、フアン・カルロス叔父さんの心は石でできているに違いないわ」

グリアの目まで欺くことができるなんて、ニックは超一流の詐欺師だ。「きっかけを作ってくれたのは、セニョーラ・ロブレスなの。彼女、私にキスしてくれて」

「あなたはやっぱり平和の使者ね、パイパー。私は信じてたわ。あなたならきっと、あの気むずかしい男性たちの心をつかめるって。ほんとにおめでとう。オリヴィアもさっきまで悪阻《つわり》で大変そうだったけど、気分がよくなってきたって」

「それはよかったわ。というのも、電話をかけたのは、知らせたいことがあったからなの。明日の夕方、ニックと私は敷地内のチャペルで式を挙げるのよ」

「またまたうれしいニュースね。だったら、私たちは午前中のうちにそっちに飛んで、準備を手伝うわ。ウエディングドレスはあるの?」

携帯電話を握るパイパーの手に思わず力がこもった。「この間、式を挙げたときに着ていた白いシフオンのドレスでいいかと思っているんだけど」

「だめよ、パイパー。それじゃ花婿に失礼だわ」グリアは声をひそめて言った。「明日、私たちが一緒に買い物に行って、世界一ゴージャスなドレスを見つけてあげる。祭壇へ向かって歩くあなたの姿を見てニックが心臓麻痺《まひ》を起こすくらいのね」

「うれしいわ」涙がこみあげてきて喉がつまった。

「とっても楽しみ。あなたたちと買い物ができるなんて」

「私たちもよ。あなたが一人、ニューヨークで暮らすなんてやっぱり間違っていたのよ。なんたって三姉妹のモットーは〝みんなは一人のために、一人はみんなのために〟なんだから。ところで、今や、パストラーナ家のドンファンは売約ずみとなったわけだけど、あれほどの大物をつかまえるってどんな気分?」

私も知りたいわ……。

「なんだかいまだに信じられないって感じよ」

「わかるわ。私もマックスを見て、この人は自分の夫なんだって改めて思うとき、信じられないような気持ちになることがあるもの。彼のこと、ますます好きになっているって話したかしら?」

「言われなくても想像がつくわ。今もマックスはあなたのすぐ横に立っているんでしょう?」

「ええ。生きていたら、パパもママも娘婿たちのことをおおいに気に入ってくれたと思うわ。リュックがどんなにオリヴィアにやさしいか、あなたに見せてあげたい。ピッチョーネ号で初めてリュックに会ったときには、彼のことをやさしいなんて言う日がくるとは夢にも思わなかったのにね」

そういう話はやめて、グリア。

リュックは妻を心から愛している。マックスも。でも、ニックは違うのだ。

パイパーは咳《せき》払いをした。「そういえば、カレンダーの新作、〝地中海の生物たち――そのありのままの生態〟のイラストを描きはじめたって言ったかしら。六月の絵に、マキシミリアーノっていう名前のイタリアの海に棲《す》む大きな黒い鮫《さめ》が登場するわよ。雌《めす》たちにもてもてなんだけど、彼は菫色の瞳《パンジー・アイズ》という名前のほっそりした金色の海豚《いるか》にひたすらつきまとっているの。追いかけても身をかわされ、挨拶《あいさつ》すらしてもらえないにもかかわらずね」

グリアはくすくす笑った。そして、彼女が話の内容をみんなに伝える声が聞こえたあと、電話の向こうでどっと笑いが起きた。

「リュックが、自分の出番はないのかってすねているわ」電話口に戻ってきたグリアが言った。

「ご心配なくって彼に伝えて。八月には足に怪我《けが》をしたモナコの蛸《たこ》、リュシアンが出てくるわ。雌の蛸が先を争って看病しようとする中、リュシアンの関心はもっぱら、サファイア色の瞳をしたスリムな金色の海豚に向けられている。でも、その海豚はすばやく逃げて彼を決して寄せつけないの」

「ああ、早く見たいわ。ちょっと待ってて」グリアはそう言うと、みんなに続きを伝えるために電話口を離れた。再び笑いがわき起こる。

「それで、僕もそのカレンダーに登場させてもらえるのかい？」突然、背後でハスキーな声がした。

7

ニック！　いつからそこにいたの？

パイパーは勢いよくうしろを振り返った。「もちろん。あなたも、そして、私たちのリヴィエラ旅行をじゃました、あなたのおおぜいのお仲間もね」

ニックの目が愉快そうにきらりと光る。「ジェノヴァ空港の保安警察のシニョーレ・ガーリも登場するのかい？」

「ええ。一月に出てくるわ。ジェノヴァの港の番人である偉ぶったバラクーダが、疑うことを知らない三頭の金色の海豚《いるか》をとらえている絵よ。それから、言うまでもなく、レリーチの海から私たちを引きあげた沿岸警備隊も登場するわ。こっちの言い分に耳を貸そうともしなかった警察本部長も、私たちを嘲《あざ》笑《わら》った看守も……まだ続ける?」

「僕はなんの魚なんだい?」

「あなたは、アンダルシアの赤えい、ニコラスよ。その鞭《むち》のような尾から、六種類の毒液ならぬ、六カ国語の言葉を噴き出すの。月は、あなたにふさわしいロマンスの季節の二月。雌たちは、一頭の無防備な海豚が手ひどくはねつけられてからというもの、ニコラスに群がりながらも常に距離を保っていて――」

「パイパー? パイパーったら……まだ電話は終わってないんだけど――」

しまった!

パイパーは狼狽《ろうばい》しつつ、再び電話に戻った。「ごめんなさい、グリア。ニックが部屋に入ってきたの。それで、当然のことながら、自分の絵はどうなっているかってきくものだから」

「今日はもう遅いわ」グリアが言った。「私の義理の弟は早くあなたと二人きりになりたいと思っているでしょうから、これで切るわね」

「まだ話していても大丈夫よ」

「だめよ」

グリアは正しかった。さっきまでの楽しげな表情は消え、ニックはすっかり不機嫌な顔になっている。

「それじゃ、オリヴィアによろしくね。また明日」

「朝のうちにそちらに着くわ。遅くとも十時半までにはね」

「支度して待ってるわ。おやすみなさい」

「なんの支度だ?」パイパーが電話を切るなり、ニックが尋ねた。

「姉たちと一緒にウエディングドレスを買いに行くの。グリアが行こうって言ってくれて」パイパーは腰を下ろしていたベッドから立ちあがった。「姉は私の母代わりのつもりなのよ。それほどまでにこのお芝居は成功しているってわけ。二人とも、私たちが本当に愛し合っていると信じきっているわ。あなたのお望みの状況には違いないけれど、明らかに間違っているわよね」

「いや、これ以上正しいことはない」ニックはあっさりと言った。「今、司祭と打ち合わせをすませた。式は予定どおりに行うよ。僕の親族も祝福に来てくれる」

「それなら、なにをいらだっているの？　まだなにか不満なことがあるようじゃない？」

「赤えいにされたのが気に入らないんだ」

「なぜ？　赤えいは海の世界でも、威厳があって恐れられている生き物の一つよ」

「威厳があって恐れられているというのは、すなわち……近づきがたいということだ」

私の言葉がこたえたのね。パイパーはうれしくなった。「神様はこの世に魚というものを創《つく》られたとき、それぞれに固有の防衛機能をお与えになった。近づくものをはねつけるというのが、赤えいにとっての護身方法なのよ」

「パイパー」ニックはいらだたしげに言った。「マックスが結婚式を挙げた日の午後のことだが、僕は別に君を拒絶したくて拒絶したんじゃない」

パイパーはどきりとした。「どうしてかはわかっているわ。パストラーナ公爵の高潔な息子は、しきたりで決められた結婚の約束にあくまで忠実であろうとしたのよ」ニックが唇をきっと結んだが、彼女はかまわず続けた。「そしてそれが、その間ずっと別のだれかを愛しつづけていたという事実を周囲の人に知られないための完璧《かんぺき》な盾となった」

少し間をおいてから、ニックは言った。「そのとおりだ。ただ、僕はなにをおいても、君だけは傷つけたくなかった」

ニックのあまりにも率直な言葉がガラスの破片の

ようにパイパーの心に突き刺さった。

「確かに、あなたにつれなくされて、私のプライドはそれこそ針で刺されたみたいに傷ついたわ。でも、ごらんのとおり、立ち直れないような痛手ではなかったのよ」パイパーはにっこりしてみせた。「一緒に暮らしてみてわかったの。あなたはきっと、世界一すてきな義理の従兄《いとこ》になるって。もちろんそれは、私たちが結婚を解消したあとの話だけれど」

ニックの唇が不愉快そうにゆがんだ。「ちょっと先走りすぎじゃないか」

「そうでないことを願うわ。私はニューヨークに帰って会社を経営しなくちゃならないんだから。ねえ、早く寝る支度をして、カミラに近づく最良の方法を話し合いましょうよ」

「どういう方法がいいのか、よくわからなくなってきたな。というのも、さっき彼女が驚くようなことを言いだしてね」

「驚くようなことって?」

「ベッドの中で話すよ」

不穏な発言だった。

パイパーはすっかりうろたえて、ベッドにもぐりこんだ。やがてニックが明かりを消し、隣に体を横たえるころには、彼の方にしっかりと背中を向けていた。

「はっきり言って、カミラからあんな言葉が聞けるとは思いもしなかったよ」彼はしばらくして言った。

パイパーはニックがすぐ隣にいることも忘れ、くるりと体の向きを変えた。そのはずみで、彼の腕の中にまともにころがりこんでしまった。彼女は小さくうめき声をあげ、身をよじって起きあがった。

「彼女、なんて言ったの?」

「明日の夕方、結婚式を挙げるから両親と一緒にぜひ出席してほしいと誘ったら、彼女は喜んでそうすると答えたんだ。そして、僕の頬にキスをして、これで自分も両親の束縛から逃れられると礼を言った」

パイパーは唇をすぼめた。「確かに意外な反応ね。でも、彼女が本心からそう言ったかどうかはわからないわよ。プライドの高い彼女があなたに対する面目を保つ唯一の方法だったのかもしれない。でも、もしその言葉が本音だった場合は、彼女が多かれ少なかれ、私に対する態度をやわらげてくれるということもありうるわね」

「父に頼まれた肖像画を描《か》くときになったらわかるよ。ベニートには来週あたりに連絡をとって、詳細を決めるつもりだ」

「来週？　どうしてそんなに先に延ばすの？」

「うちの両親も、ロブレス夫妻も、僕らは今できる限り二人きりで過ごしたいはずだと思っているだろう。早々と声をかけたりしたら、驚かれてしまう。それにしても、ロブレス家で肖像画を書くことを提案したのは賢かったね」

「たいていの人は絵を描いてもらうとき、自宅のほうがリラックスできるわ。肖像画にはカミラも入ってもらおうかしら」

「それはいいアイデアだ」

「とにかくようすを見ましょう。カミラは、自分はいいと断ってくるかもしれないけど、私が絵を描いている間、そばに来ることくらいはあるはずよ。まあ、彼女に好意を持ってもらえるとまでは思わないけれど」

「確かに、それは期待しすぎというものだろうな。ただ僕は、彼女がきっと好奇心に負けて君に近づいてくると踏んでいるんだ」

「私のほうも興味津々だわ。カミラはニーナとは対照的な性格のようだし、きっと二人は仲がよかったと思うの。ニーナはラースとの関係を自分一人の心に秘めておくことなんてできなかったはずよ。女性はおしゃべりだから」

「僕もダッチェス家の三姉妹に出会って、それはよくわかったよ」

「そう。〝女性はおしゃべりをする者、男性はそれに合わせる者〟よ」

ニックは笑った。「そのコピーは、僕が今まで見た君たちのカレンダーの中にはなかったな」

「あるわけないわ。だって、私がたった今考えたんですもの。コピー作りはグリアに限るって、これでわかったでしょ？」

「彼女の担当と決まったのはどうしてだい？」

「オリヴィアと私はもうずっと前に学んだの。グリアはいつでも正しいって」

ニックはさらに大きな声で笑った。

「好きなだけ笑ってちょうだい。あなたは一人っ子だから、兄弟間での自分の立場を考える必要なんてなかったでしょう。三つ子ともなると、話は複雑なんだから」

「一人っ子だって、それなりに事情は複雑なんだ。父親の期待に常にそうよう努力するのは大変だよ」

ニックの負った重責を思い、パイパーは目頭が熱くなるのを感じた。「これは一本とられたわね。もうおしゃべりはやめてあげるわ。落ち着くことを知らない赤えいにも静かなひとときは必要だもの。おやすみなさい、ニック」


「これよ、これ！」

グリアとオリヴィアがみじんも迷いのない口調で言った。ウエディングドレス選びはようやく終わりを迎えたようだ。

パイパーは壁の鏡に映った自分の姿に目をやった。短めのトレーンにレースやベビーパールをあしらった厚手のシルクのドレスは、ラウンドネックにキャップスリーブ、フレアスカートというかわいらしいデザインだ。その姿はまるでお姫様のように見える。でも、気分はお姫様とはほど遠い。

「ねえ、なんだかそわそわしているけど、どうしたの?」グリアが尋ねた。

「別に、そわそわしてなんかいないわ」

「いいえ。さっきから顔をほてらせて、ぜんぜん落ち着かないじゃないの。あなた、ほんとにニューヨークで彼と結婚したの?」

「グリア――」

「冗談よ。でも、なんていうか、今のあなたはまるで、これから式を挙げる花嫁の役を演じているみたい」

「ばかなことを言わないで。結婚してもう三日もたっているのに」

「じゃあ、どうしてハネムーンに出かけていないの? ここに帰ってきて、家族と顔合わせする前に、行こうと思えば行けたのに」


パイパーは姉から目をそらした。「ニックは律儀なタイプなのよ」

「自分が本当に望んでいることに関しては別よ。ニックはあなたを手に入れたかった。だから、服喪期間を一週間早く切りあげてまでニューヨークへ行ったんじゃないの。それで、なにを悩んでいるの?」

「悩んでなんかいないったら!」

「私、鏡に映るあなたの顔を見ていたのよ。見え透いた嘘《うそ》をつかないで。姉妹なんだから、なんでも話してちょうだい」

「お願いだから、困っていることがあるんだったら私たちに言って」オリヴィアも懇願した。腕には、床まで届きそうなほど長いスペインレースのベールをかかえている。「朝からずっといらいらしているじゃないの。あなたらしくもない」

「ごめんなさい」

オリヴィアは手伝ってというようにグリアに身ぶ

りで示すと、左右の長さが同じになるように調整しながら、二人でパイパーの頭にベールをかぶせた。

チャペルでの結婚式。

ああ、とてもできそうにない。

「どうしたの、パイパー？」二人が両側からパイパーの腕をつかんだ。

「顔が真っ青よ。悪阻《つわり》のときの私みたいに」オリヴィアが心配そうに言った。

「え、ええ……朝食を食べ損ねたから」

グリアは首を横に振った。「原因はそんなことじゃないはずよ。ねえ、本当のことを教えて。ニックとあなたはお互いに夢中。それなのに、なぜ幸せいっぱいっていう顔をしていないの？」

パイパーは二人の問いつめるようなまなざしから目をそらし、大きく息を吸った。「私はただ、どうして二度も結婚式を挙げなきゃならないのかって思っているだけ」

「私たちだって、あなたの誓いの言葉を聞きたいわよ」オリヴィアがもっともな意見を口にした。

「でも、一度はやったんだから！」

「神の前では誓っていないわ」グリアがいつものことながら痛いところを突き、形のいい眉をひそめて続けた。「チャペルで式を挙げることをなぜ怖がるの？」

「怖がっているなんて、私、言った？」

「やっぱりそうなのね？」オリヴィアがたたみかける。「この結婚が長く続かないんじゃないかって心配なの？」

「違うわ」

「じゃあ、なんなのか話して。真実を聞くまで、私たち、この試着室から出ないわよ」

パイパーは顔を上げた。もうこれ以上、隠しておけない。涙が頬を伝うのもかまわず、彼女は話しはじめた。「とっても恐ろしい話なのよ」

二人はその言葉を真剣に受けとめたようだ。「場所を変えたほうがよさそうね。ドレスを包んでもらって、あとで取りに来ましょう」

グリアがベールを取り去る間に、オリヴィアがパイパーのうしろにまわってドレスのボタンをはずす。パイパーはクリーム色のスーツに着替え、姉と妹の先に立ってニックの黒のセダンへ足早に向かった。

グリアとオリヴィアが追いついてきたころには、パイパーもどうにかすべてを打ち明けられるだけの心の平静を取り戻していた。

衝撃の事実が明らかになるにつれ、二人の表情は暗くなっていった。

「ゴンドラの事故では、ヴァラーノ一族の三人全員が命を狙《ねら》われていた可能性があるというわけね」オリヴィアはショックを隠しきれない声で言った。

「そして、今はあなたにも危険が及んでいる」

「心配しないで。ニックがボディガードを雇ったから、今、私たちはみんな、二十四時間態勢の警護下に置かれているわ」

「みんなってどういう意味？　私とオリヴィアもってこと？」グリアが尋ねる。

「そうよ」

「今も？」

「ええ」

グリアはかぶりを振った。「ニックはなんの権利があってあなたにそんな役を押しつけたのよ？　ラースっていう男がニーナを殺したことは、もう警察もわかっているんでしょ？　あなたは今やニックの妻なのよ。その極悪人に命を狙われかねないじゃないの」

「別に、無理やり押しつけられたわけじゃないわ」

「同じようなものよ」グリアは冷ややかに言った。

「マックスとリュックまで私たちに秘密にしていたなんて、信じられないわ」

「それは愛情からよ。二人は心配をかけたくなかったんだわ。ちょっと考えてみて。もしあなたたちが私の立場だったら、ニックの頼みを断っていたと思う?」

三人は長い間、無言のまま見つめ合っていた。口には出さずとも答えはわかっていた。

「マックスとリュックとニックのことを許してあげて。仕方なかったのよ。実は、ニックにはほかに好きな人がいるの。私も最初聞いたときは驚いたわ。でも、今から思えば、私を本当に愛していたのなら、グリアが結婚式を挙げたあの日、彼はなにかしら行動を起こしたはずよね。もちろん、私たち自身の結婚式の日の夜にも。チャペルで式を挙げるのがいやなのは、だからなの。偽りの誓いを交わすなんてまっぴら。ただ、今回の捜査を取り仕切っているシニョーレ・バルツィーニは、どうしても式は挙げたほうがいいと言うの。でも、そうすると私は、ニックにとって無意味であることを知りながら、司祭の前で夫婦の誓いを立てるはめになるわ」

「ニックがあなたに手を出さなかったって本当なの? ゆうべも?」グリアが目に苦悩の色をたたえて言った。

「ええ。チャンスは十分あげたつもりなんだけど。彼がほんのちょっと手を伸ばしてきさえすれば、私は喜んで求めに応じていたわ。でも、きっと彼は彼なりに高潔であろうとしていたのよ。昔の騎士のようにね。ほかの男性だったら、あんなふうに女性と二人きりになったりしたら、おおいにその状況を利用していたと思うわ。彼は、自分で決めた女性に対する礼節を固く守っているのね。彼に熱い思いを寄せられている女性は、世界一幸せよ」

「だれなのか見当はついているの?」

「結婚している女性か、あるいは、彼の編集者のコンスエラ・ムニョスだと思うわ」

グリアがわっと泣きだした。彼女が姉妹の前でこんな態度を見せるのは初めてだ。「どうしてニックの愛しているのがあなたじゃないの？　ほかのことならなんでも大目に見るけど、これだけは許せない。あなたはこんなにすてきで、思いやりがあって、やさしくて、誠実な女性なのに」

パイパーは驚いた。グリアは純粋に私のために泣いてくれている。胸がじんわりと熱くなった。「泣かないで。私の前にもいつかは現れるわよ。マックスやリュックがあなたたちにそそいでいるのと同じくらい深い愛情を傾けてくれる、私にふさわしい男性がね。そう、きっとそんな人にめぐり合えるわ」

オリヴィアも涙目になっていた。グリアともどもほほえもうとするのだが、うまくいかない。だが、パイパーは、胸に重くのしかかっていた秘密をようやく打ち明けたためか、不思議と晴れやかな気持ちだった。

「ちょっと店に行ってドレスを取ってくるわね。すぐに戻るわ」

「あなた一人じゃ持てないわよ」グリアとオリヴィアは涙をふくと、車から出て、パイパーのあとからブライダルショップに入った。すべての荷物を車に積みおえたところで、グリアがパイパーに向き直って言った。「ニックの結婚指輪は用意した？」

「いいえ。そこまですると、あまりに本物っぽく見えてしまうから」

「人命にかかわる問題であることを考えれば、あなたはこの結婚式を最大限本物っぽく見せなくちゃいけないわ。さっき、宝石店があったわね。この通りを二キロほど戻ったところよ」

「ええ、覚えているわ」オリヴィアがさっそく車のエンジンをかけた。三人で出かけるときは、最も方向感覚のすぐれている彼女がいつも決まって運転手役だ。パイパーが助手席に、グリアが後部座席に座ると、オリヴィアは車を発進させた。

マルベリャの中心街に駐車スペースを見つけることは不可能だった。そこで、オリヴィアの提案で、彼女が近辺をぐるりとまわっている間に、パイパーが急いで宝石店で指輪を選んでくることになった。

これによく似た男性用の結婚指輪が欲しいと、彼女が指にはめた金線細工の真珠の指輪を見せると、宝石商は目に見えてそわそわしはじめた。「この指輪はどこで手に入れられたんですか？」

まずい。このままでは警察に通報されてしまう。パイパーはセニョーラ・デ・パストラーナ、つまりは最近結婚したばかりのニコラス・デ・パストラーナの妻であると名乗らざるをえなくなった。「主人は、宮殿から盗み出されたこのマリー・ルイーズ・コレクションの指輪をロンドンのオークションで取り戻したんです。それで、同じような男物の指輪をいただけたらと思って。主人をびっくりさせたいんです」

それを聞いて、宝石商は大喜びした。パイパーは下にも置かない扱いを受け、対と言ってもいいくらいそっくりな指輪を手に入れて店を出た。

パイパーが車に戻ると、オリヴィアが意味ありげな視線をちらりと送ってきた。「明日は結婚式だから、私たち、今日はあなたにプエルト・バヌースでブランチをごちそうしたいと思っているの。先月、ニックに〈ペドロス・ビーチ〉っていうお店に二人で連れていってもらったんだけど、シーフード料理が最高なのよ。どう？」

姉妹にすべてを打ち明けたことで気が楽になったパイパーは、今やすっかり食欲を取り戻していた。

「喜んで！」

車が港に差しかかると、山々を背にして、日の光にきらめく何隻もの白いヨットが見えてきた。

オリヴィアは、海岸沿いの込み合った区域でも駐車スペースを見つけ出す魔法のレーダーでも持っているのか、ほどなくして空き場所を見つけ、そこに車を割りこませてエンジンを切った。

パイパーはドアの取っ手に手をかけたとき、とんでもないものを目にして思わず声をあげた。「ちょっと待って、まだ車から出ないで！」

グリアとオリヴィアは驚いてパイパーを見た。

「桟橋にいるあのカップルを見て。ブリタニア号って書いてある船のそばで抱き合っている二人、あれはカミラとラースだわ！　私、写真で彼の顔を見たことがあるの」

オリヴィアがあえぐような声をあげた。「まあ、大変……」

「どうしたの？」パイパーとグリアは同時に言った。

「あれは、去年の八月、モンテロッソで私をディスコに誘った男よ！　そういえば、彼の名前はラースだったわ！」

「ほんとなの？」パイパーは叫んだ。

「間違いないわ！　彼はドイツ人とクロアチア人の仲間と一緒だった」オリヴィアは真っ青な顔をしている。「私、リュックにやきもちをやかせようとして、彼らとボール遊びをしたの。でも、ラースが言い寄ってきそうな気配を見せたから、ガビアーノ号に泳いで戻ったのよ。彼は追いかけてきて、梯子《はしご》をのぼって船に上がろうとする私の足首をつかんだわ。でも、リュックが追い払ってくれたの」

「モンテロッソはならず者のたまり場よ」パイパーは考えをめぐらせた。「それに、コレクションが盗まれたコロルノともさほど離れていないわ」

「ちょっと……ラースがブリタニア号に乗るわ。カミラがこっちに歩いてくる。二人とも頭を下げて」グリアが注意を促した。

パイパーは頭を低くした。ときどき顔を上げて、カミラのようすをうかがっていると、やがて彼女はダークブルーの車に乗って走り去った。

「よかった、行っちゃったわ」グリアとオリヴィアが体を起こした。

パイパーは二人を見つめた。「ニックに報告の電話を入れなくちゃならないけど、あなたたちに事情を話したことは知られたくないの。絶対に秘密にするように言われているのよ」

「わかった。私たちは知らないふりを通すわ」オリヴィアが請け合った。

「彼には私が一人でいるって思わせたいから、車を出す前に今ここで電話をかけるわね」

二人はうなずいた。

パイパーは携帯電話を取り出すと、ボタンを押した。

「キャンドルの飾りつけも終わりました。式の準備はすべて整いましたよ、セニョール」

ニックは花屋の手を握った。「ご苦労さま。僕の花嫁は薔薇《ばら》とベゴニアが大好きでね。この飾りつけを見たら彼女も感激するだろう」

「恐縮です」

花屋がバンに乗って走り去ると、ニックはチャペルの戸締まりをした。そして、自分のスポーツカーに乗りこんだところで、座席に置きっぱなしにしていた携帯電話が鳴っているのに気づいた。発信者番号を見ると、パイパーからだった。

「パイパー？　もうみんな、家に戻った――」

「ニック、聞いて――」パイパーはささやき声で言った。「グリアたちは、私があなたとちょっとでも離れていられなくて、電話をかけに行ったと思っているわ」そのそっけない言葉にニックがまたもや傷つき、心を痛めていると、彼女は続けた。「今、〈ペドロス・ビーチ〉の駐車場からかけているの。実は、ラースがプエルト・バヌースにいるのよ」

ニックは電話を取り落としそうになった。

「それも、なんとカミラと一緒なの。さっきまで二人はブリタニア号っていう中型ヨットの前に立っていたんだけど、まるで恋人同士のような雰囲気だったわ。今、ラースはヨットの中よ。カミラは車で帰ったけど」

ニックは体中をアドレナリンが駆けめぐるのを感じた。「やつに姿を見られたか?」

「大丈夫だと思うわ。ここは人でごった返しているから」

「よかった。すぐそこを出て、戻ってきてくれ。屋敷で落ち合おう」

ニックがシニョーレ・バルツィーニに電話で最新情報を伝えたあと、屋敷に帰ると、マックスとリュックはプールで泳いでいた。

ラースとカミラのことを聞くなり、二人は対策を練ろうとプールから出てきた。

「パイパーたちはまもなくここに戻ってくる。急がなければ」ニックは言った。「これは僕の考えだが、やはりラースはニーナを利用してマリー・ルイーズ・コレクションを盗み出したんだと思う。だが、彼女自身はそのことをなにも知らずにいた。ラースは続いて、パストラーナ家に伝わる家宝に狙いを定めたが、こちらに関してはニーナから十分な情報が得られなかった。そこでやつは彼女を殺し、今度は妹に近づいた。おそらくは、そんなところだろう」

マックスは顔をしかめた。「用ずみになったら、カミラも消されかねない」

リュックはタオルを椅子の上にほうった。「ラースに愛されていると信じているとしたら、カミラはやつのところへ飛んでいって、自分が自由に結婚できる身になったことを伝えただろうな」

「つまりは、パイパーと僕が今夜、内輪で式を挙げることも、ラースの耳に入ったってことだ」

マックスがうなずいた。「やつがブリタニア号でパストラーナ家の家宝を盗み出すチャンスを虎視《こし》眈々《たんたん》と狙っているとすれば、今夜ほどうってつけの機会はない。なにしろ、一族は全員チャペルに集まっているんだから」

「ああ」ニックはにやりとした。「僕らは予定どおり結婚式を挙げる。その間に、待ち構えていた歓迎委員会が屋敷に到着したラースを迎えてやるんだ。もしやつが現れない場合は、ヨットで逮捕すればいい。さあ、パイパーたちが戻ってくる前に、書斎で必要な電話をすませてしまおう」

そう、リュックに手伝ってもらって手配したハネムーンの最終確認の電話もかけなければ。二人の婚姻を無効になどするものか。

数分後、玄関から人声が聞こえてきた。女性三人が帰ってきたのだ。ニックは迎えに出て、パイパーが手に提げていたガーメントバッグを引き取り、彼女とともに寝室へ向かった。

パイパーは部屋のドアを閉めるなり、ニックからガーメントバッグを受け取り、中のドレスをクローゼットにつるした。そして、彼のもとへ戻ってくると言った。「警察はもうラースをつかまえたかしら。もしそうなら、結婚式は取りやめてもいいんじゃない?」

ニックは鋭く息を吸った。「それはできない。君のおかげで、警察は事件解決のための突破口を得た。彼らは今夜、おとり捜査を行う計画なんだ」

「おとり捜査ですって?」

「ああ。僕らは家族をみんなチャペルに集めたところで、予定どおりに式を始める。その間にシニョーレ・バルツィーニが、留守を狙ってパストラーナ家の家宝を盗みに屋敷へやってくるラースとその一味を現行犯で逮捕しようというわけだ」

「もし彼が現れなかったら?」

「ヨットにもちゃんと監視をつけている。なんにせよ、やつはまもなく逮捕されるよ。そして、君は英雄としてたたえられるんだ。ヴァラーノ一族からだけではなく、警察にもね」

「私は別に英雄なんかじゃないわ。今回のことは、ニューヨークに帰りたい一心でしたことだもの」そう言うと、パイパーはバッグの中をさぐった。「はい、これ。ともかくも式を行うんだったら、サイズが合うかどうか確かめて。あなたの指に無理やり押しこむなんてみっともないまねはしたくないから」

ニックはパイパーから小さな箱を手渡された。開けてみると、中には男物の結婚指輪が入っていた。ありきたりな指輪ではない。彼女は自分のものと同じ、金線細工の真珠の指輪をわざわざ選んでくれたのだ。

「もちろん、本物の結婚なら、私も自分のお金でこれを買っていたでしょうね」辛辣《しんらつ》な言葉がニックの胸を刺した。だが、彼女の皮肉はそれだけでは終わらなかった。「でも、この結婚はただのお芝居だから、指輪代の支払いはあなたにまかせるわ。ちょっと高くて申し訳ないけれど」

パイパーが話している間に、ニックは指輪をはめてみた。彼女は相変わらず喧嘩《けんか》腰だが、自分とそろいの珍しい指輪を選んでくれたことはとてもうれしかった。

「ぴったりだ。大切にするよ」

「そのままうっかり人前に出てしまうといけないから、指輪は返して。何時にチャペルへ出発する?」

「五時前にはここを出よう。式は五時半からだ」

「だったら、あと二時間くらいあるわね。式の支度を手伝ってもらう前に、グリアとオリヴィアと一緒にプールで泳いでくるわ」

「いいね。それじゃ、僕はその間にシャワーを浴びて、先に着替えをすませておこう。パキタに頼んでテラスに食事を用意しておいてもらうよ」

「ありがとう」

パイパーはニックに背を向けてバスルームに飛びこんだ。そして、ニックがパキタと話をしているところへ、タオルを片手に水着姿で部屋に戻ってきたが、まるで彼のことなど目に入らないかのように、その横をさっと通り過ぎていった。

ニックはパイパーのあとを追って引き戸のところまで行った。彼女が華麗なフォームでプールに飛びこむのが見えた。

彼は近いうちにパイパーと一緒に海に出るつもりだった。このアクアマリン色の瞳をした金色の海豚を追いつづけるのだ。彼女が心を開き、自分から近づいてきてくれるまで。

8

パイパーはグリアとオリヴィアと一緒に車で屋敷からチャペルへと向かった。わずかな距離だったにもかかわらず、花嫁衣装に身を包んだ彼女はずっと落ち着かなげに身じろぎしていた。愛する家族を救うためならと、今まではなんでもいとわずにやってきた。でも、祭壇の前での誓いは、すなわち神への誓いだ。

これから私が行おうとしていることは、神の前での神聖な儀式なのだ。

もっとも、ニックのほうがそんなふうに感じていないのは明らかだった。彼は言った。ラースがつかまり、危険が回避されれば、すぐにでも二人の婚姻は無効にできると。そして、もしそうしないなら、二人はそのまま結婚生活を続け、子供をもうけることになるだろうと。

自分の置かれている状況の問題点が、まるで構図の悪い絵を見るかのように、パイパーにははっきりとわかった。神にそむくか、自分を愛していない男性と一生をともにするか、どちらかの選択しかないのだ。

ニックにとって、愛のない結婚は受け入れがたいものだった。彼がニーナとの婚約を破棄したのは、彼女を愛していなかったからだ。

ニックは私のことも愛していない。ただ、持ち前の騎士道精神で、愛のない結婚に踏みきることにした。自分の窮地を救った私に恩返しをするために。

最悪だ。なにもかも。

「ねえ、私、やっぱり結婚なんてできないわ」

オリヴィアがエンジンを切りながら応じた。「これは義務よ。ここで事をだいなしにしたら、今日まで極秘で進めてきた捜査活動がすべておじゃんになってしまうわ」

グリアが振り返り、菫《すみれ》色の瞳をいたずらっぽく輝かせる。「もう観念して、ダッチェス家の一員らしく毅然《きぜん》とこの役目を演じきりなさい」

「わかったわ。早く仕事を片づけてしまいましょ」

まったく、二人して私を追いつめるんだから。

オリヴィアがすでに並んでいた六台の車の横に駐車すると、姉妹はそろって、パイパーが外に出るのに手を貸した。

「はい、これ」そこへマックスがやってきて、手にしていた白と黄色の薔薇《ばら》の花束をグリアとオリヴィアに渡した。タキシード姿の彼はいつもながらすてきだ。

マックスのうしろにはリュックもいた。こちらもタキシード姿がさまになっている。彼はパイパーの左腕に見事な黄色の薔薇の花束を持たせた。「ニックは早くも緊張していてね。君を迎えに行ってくれと頼まれた」

「いいのよ」リュックのキスを頬に受けつつ、パイパーはささやいた。「私の前で演技は必要ないわ。私は計画どおりにここへ来ただけなんだから」

リュックは彼女の言葉には取り合わず、妻のかたわらに行った。

小さなチャペルは親族と親しい友人たちであふれていた。姉と妹がそれぞれの夫と腕を組んで通路を進みはじめると、参列者がいっせいに立ちあがった。とくに音楽は流れていなかったが、だれも気にしていない。静寂の中、みんなに見つめられながら美しい二組の夫婦が仲むつまじく祭壇に向かって歩いていくさまは、それ自体が荘厳な儀式のようだった。

パイパーは床に届きそうなベールの裾《すそ》に目を落とし、左右の長さがそろっているかチェックした。いけない、そろってないわ！　だが、今さら直すわけにもいかない。

パイパーは仕方なく通路を進んだ。ベールのずれたパストラーナ家の花嫁を見て、みんながくすくす笑っているような気がする。家宝の真珠まで身につけて、なんというぺてん師だろう。パイパーは逃げ出したくなった。

しかし、愛する家族の顔を見たとき、このような茶番を演じることに同意したのは、ほかでもない、みんなの命を守るためだったと思い出し、ニックの横へと歩を進めた。

ニックは司祭の右側に立っていた。颯爽《さっそう》とタキシードに身を包み、上着の襟に黄色の薔薇を挿している。

こちらを見てくれるかと思ったが、彼は背筋を伸ばしてまっすぐ前を向いたままだった。その両手は、まるで運命の宣告が下されるのを待つかのように、体の前で固く組み合わされている。

パイパーは胸が張り裂けそうだった。

年配の司祭が右手を上げ、参列者に着席を促した。そして、流暢《りゅうちょう》な英語で言った。「私は赤ん坊のニコラスに洗礼をほどこし、それ以来ずっと、その成長ぶりを、どんな親も誇りに思うような立派な若者に育っていくようすを見守ってきました。ニコラスがどういう女性を結婚相手に選ぶのか、私はとても興味がありました。彼は卓越した才能と豊かな個性の持ち主です。中でも際立つのは、私もよく知る彼の従兄弟《いとこ》たちと共通した、そのチャレンジ精神でしょう。そういう性格が彼らを窮地に陥れた例は、枚挙にいとまがありません。そんなわけで、三人が自分と同様、気概に満ちたアメリカ人の三姉妹を射止め、生涯の伴侶《はんりょ》となしたことは、私にとってなんら意外な話ではないのです。ニコラス、花嫁の手を」

司祭の言葉を受け、ニックがパイパーの手を握る。

パイパーは全身がかっと熱くなった。

「パイパー・ダッチェス・パストラーナ、ニコラスは式をラテン語で執り行うことを希望しています。これは彼にとってとても意義深いことです。謙虚なニコラスに代わって申しあげますが、なんといっても、彼はアンダルシアの誇る偉大な言語学者の一人なのですから。あなたはただ、私が言葉を切ったときに〝はい〟と言うだけでけっこうです」

式が始まった。式文には、妻が夫に従うことを誓うくだりがあるのだろうか？　パイパーにはそれすらわからなかった。だが、いずれにせよ同じことだ。ラテン語などちんぷんかんぷんだし、どうせこの結婚は長く続かないのだから。

ふと気づくと、司祭の言葉がとぎれていた。いよいよその瞬間がきたのだ！

「はい——」パイパーはわけもわからず口走った。

司祭はまた言葉を継いだ。今度は、ここに二人を夫婦とするといったような意味の、おなじみのせりふだった。

ニックがこちらを向いた。パイパーがチャペルに入場してから、ニックが彼女の顔を見たのはこれが初めてだった。茶色の瞳で射抜くように見つめられ、パイパーはどきりとした。

「私はあなたを愛します」彼はチャペル中に響くような大きくはっきりした声で言うと、身をかがめてパイパーの唇にやさしくキスをした。そして、顔を上げると尋ねた。「あなたは私を愛しますか?」

なんですって?

おおぜいの人の前でどうしてこんなことがきけるの?

「はい」パイパーは真っ赤になって、消え入るような声で答えた。

ニックが言った。「それを、神と家族と友人の前で宣言してもらいたい」そこで参列者に向かって続ける。「花嫁は、皆さんに見られて少々緊張しているようです。僕に指輪を渡すのも忘れている」

「あ、いけない——」パイパーは指輪を自分の指からはずしてニックの薬指にはめた。早くこの茶番を終わらせたければ、彼の言うとおりにするしかない。

「私はあなたを愛します、ニック」

ニックは満面に笑みを浮かべた。「やってみれば簡単なことだっただろう?」そして、次の瞬間、パイパーに誓いのキスをした。

やがてニックが唇を離すと、みんなが祝福の言葉をかけに二人のまわりに集まってきた。まずは司祭がパイパーの頬に軽くキスをし、二人の赤ん坊の洗礼式を行うのを楽しみにしていると言った。「ニックもそう若くはないですからね」司祭はウインクしてみせた。

赤ん坊という言葉にすっかり面くらっていると、今度はニックの両親がやってきた。父親はパイパーの両頬にキスをし、よろしくと言った。そのあとは、グリアとオリヴィアをはじめ、リュックとマックスの両親、マックスの妹夫婦、リュックの弟のセザール、そしてロブレス一家が次々に声をかけてきた。

チャペルの外に出ると、カメラマンがシャッターを切った。それからたっぷり二十分の間、二人はさまざまな組み合わせで親族たちと記念写真を撮った。

オリヴィアが腕を体にまわしてきたとき、パイパーはこっそり言った。「この結婚を本物らしく見せたいから、あなたとグリアには明日の朝までは会わないようにするわね」

「了解よ。グリアにも伝えておくわ。彼女はもうマックスに連れられて屋敷に戻ったの」

「どうして？」

「気分が悪くなっちゃったのよ。ほら、グリアはアロマ・キャンドルの香りが苦手でしょ？」

「そんなにきつい香りだった？　私は花の香りしか感じなかったけど」

「よくわからないわ。とにかく、記念撮影が終わったとき、気分が悪いと言いだしたのよ」

「かわいそうに」

「横になったほうがいいって、マックスがすぐに車へ連れていったわ」

「よかった」

そのとき、パイパーは力強い腕が腰にまわされるのを感じた。リュックだった。「さて、お二人さん、そろそろここから引きあげよう。パイパー、ご主人が、ハネムーンに出発しようと車の中でお待ちかねだよ。君を呼んできてくれって頼まれたんだ」

ハネムーン……。確かに、周囲の目を欺くためには必要だ。

リュックの手を借りて、パイパーはウエディングドレス姿のまま、ニックのセダンの助手席に乗りこんだ。ドアが閉められ、車が発進する。

パイパーは居心地の悪さを感じた。とにかく落ち着かず、ニックのことが少し怖くもあった。

「私たち、今夜はどこに泊まるの？」

「完全に二人きりになれる、ある場所だ」

「屋敷に戻って、ふだん着に着替えたいんだけど」

「向こうに着いたら、すぐに着替えられるよ」

黄昏《たそがれ》どきの薄明かりも消え、あたりはすっかり暗くなっていた。車が坂を下りはじめた。この道は前にも一度通ったことがある。あと二度ほどカーブを曲がれば、ニックが個人で所有している桟橋に出るはずだ。

そこに係留された船を見たとき、パイパーは心臓が飛び出しそうになった。オリヴィエ号――リュックとオリヴィアが愛をはぐくんだ思い出の船だ！

「あの船、いつここに持ってきたの？」パイパーは声をあげた。しかし、すでに車を降りていたニックにその声は届かなかった。彼は車の前をまわって助手席のドアを開けに来たが、パイパーは降りようとしなかった。「私、あの船には乗らないわ」

暗闇《くらやみ》の中で、ニックはにっこりした。「仕方がないんだよ、いとしい人《ミ・アモール》。式が終わったら全員をうちの敷地から出すよう、シニョーレ・バルツィーニに言われているんだ」

そこでいきなりニックはパイパーを両腕で抱きあげた。彼のたくましい胸に体が押しつけられる心地よい感覚に、パイパーは震えを覚え、思わず叫んだ。

「下ろして、ニック！」

けれど、彼はそのまま進みつづけた。「僕らはなるべく早く船を沖へ出さないといけない。ドレスはすてきだけど、それで砂浜を歩くのは大変だろう」

ニックは、いつでも完璧《かんぺき》に理屈の通った答えを用意している。

パイパーは彼の腕に抱かれたまま、なすすべもなくオリヴィエ号に乗せられ、薄暗い船室へ運ばれた。

船室には二段ベッドが一つあり、それぞれの上掛けの上にスーツケースが置かれていた。

ニックはパイパーを下ろすと、唇に軽くキスをし、驚くほどすばやく彼女のドレスのボタンをはずした。

「着替えたらデッキに上がっておいで」そして、階段を二段ずつ上がっていき、姿を消した。

すでに興奮で震えていたパイパーの体は、今の短いキスと肌に触れた彼の手の感触で火のように熱くなった。朦朧《もうろう》としながら、彼女はベッドの下段に置かれている自分のスーツケースのもとへ行った。

パイパーが着替えている間に、ニックは船のエンジンをかけていた。彼女はパニックに襲われ、膝ががくがくした。今や、完全に二人きりなのだ。

小さなクローゼットにドレスをつるし、白いサンダルを棚にしまうと、スニーカーをはいてデッキに上がった。そろそろニックのところには、ラースとその一味がおとり捜査にはまったかどうか報告が入っているはずだ。

殺人犯が逮捕されたことが確認されれば、私はこのままマラガ空港へ向かい、次の飛行機でニューヨークに帰れる。

ニックはタキシードの上着とベストを脱ぎ、舵《かじ》をとっていた。優雅な白いドレスシャツの胸元をはだけて、腕まくりをしているその姿は、息をのむほどすてきだ。

ニックの目が彼女の視線をとらえた。

「君がききたいことはわかっているよ。答えはこうだ。ラースは今夜、パストラーナ家の屋敷には現れなかった。しかも、警察が調べたところ、ブリタニア号にももうやつは乗っていなかった」

パイパーは複雑な気持ちになった。これから先もこの茶番を続けなければならないと思うと気が滅入《めい》る一方で、まだニックのもとを去らなくていいことがうれしくてたまらなかった。

「あの船の持ち主は香港《ホンコン》の実業家で、乗組員は全員イギリス人だそうだ。おそらくはその中にラースの仲間がいるんだろう。今、警察が徹底して連中の身元を洗っている」

パイパーはかぶりを振った。「ラースはどうしてそんなにたやすく姿をくらますことができたのかしら？　私たちの目と鼻の先にいたのに！」

ニックはパイパーに謎《なぞ》めいた視線を向けた。「それを知るために、カミラからの情報が必要なんだ。来週になれば、ともかくも君は彼女と接触できる」

「それまではなにをしていればいいの？」

「ハネムーンを楽しむんだ」

二人きりの気づまりな雰囲気に耐えられず、パイパーは言った。「ニック、実は今日、あなたと結婚した本当の理由を姉と妹に話したの」

ニックは目を細めただけで、微動だにしなかった。もし怒っているのだとしたら、彼は相当にうまく感情を隠している。

「だからもう――」ニックがなにも言わないので、パイパーは続けた。「二人の目をごまかすために、ハネムーン中のあつあつカップルのふりをする必要はないのよ」

「だが、僕の父の前では必要だ」ニックは穏やかな声で応じた。「実を言うと、君との結婚を無効にしなければ勘当すると父に言われたんだ。家から出ていけと」

なんですって？

今聞いた事実に衝撃を受け、パイパーは自分の体を強く抱き締めた。「でも、お父様は結婚式にいらしていた。それに、私にキスまでしてくれたわ！」

「父がチェスの達人だということは話したかな？」

「ニック――」パイパーは胸がむかむかした。決して船の揺れのせいなどではない。「あなたはお父様に真実をすべて話すべきよ。そうしたら、この危険な状況を理解してもらえるわ！」

「そんなことをしたら、シニョーレ・バルツィーニの立てた計画が総崩れになってしまう」

パイパーは船の手すりをつかんで体を支えた。

「でも、帰る家がないとなると――」

「僕はほかにも家を持っている。ロンダに小さいけどとくにお気に入りの屋敷があってね。ヴェルナッツァから戻ったら、君と二人でそこに住むつもりだ」

パイパーは驚いて彼の方を向いた。「ヴェルナッツァ？」

「ああ。リュックが言っていたが、コート・ダジュールの沿岸は二月でも冬とは思えない暖かさなんだそうだ。ピッチョーネ号でのリヴィエラの旅は、落ち着いて楽しめなかっただろう。今回は二人で、君たち姉妹が訪ねる予定だった場所をすべてまわろうと思っているんだ」

「でも――」

「僕らに協力してくれたお礼だよ。これを結婚記念の贈り物とさせてもらいたい」パイパーの抗議を無視してニックは続けた。「君はこれまで、どんな優秀な秘密捜査員もなしえないほど立派な働きをしてくれた」彼は心の中まで見通すかのようにパイパーの顔をじっと見つめた。思わず彼女は目をそらした。

「パイパー、今日は長い一日だったから疲れているだろう。船室に食べ物がある。食事をとったらベッドでおやすみ。明日の朝、君が目覚めたころには、船はサントロペあたりを走っているだろう。ここよりはずっと暖かいところだ。そこにグラニエール・ビーチという小さいけれどすてきな浜辺があるから、停泊して、一日くつろぐことにしよう」

そして、あなたは睡眠をとるというわけね。

ハネムーンといっても、二人にとっては文字どおりの意味のものではないことが、パイパーにはつらかった。「何日くらい旅をするの？」

「四日間だ。マラガ空港に着いてロンダの新居に落ち着いたら、すぐロブレス家を訪ねることにしよう。僕が花嫁を連れて戻ったという知らせは、じきに父の耳にも入るだろう。親の意向にそむいてハネムーンを強行した僕を、今後息子として認めるかどうかは父しだいだ」

パイパーはニックの苦悩を思い、身を震わせた。

「なんて悲しい話かしら……」

「あまり気にしないでくれ。いつかはこういう日がくると覚悟していたんだ。ニーナと僕を結婚させようという父の思惑を知った十歳のときからずっと」

パイパーにはニックの心の痛みが伝わってくるようだった。

「早くこの結婚を解消できれば、それだけ早くあなたは自由になれるわ。今のままでは、お父様の決めた政略結婚が私との便宜結婚に変わったってだけですものね。私、なんとかカミラから情報を引き出してみせるわ」

「君ならきっとできるよ」ニックはつぶやくと、慣れた手つきでエンジンを切り、マストのところへ行った。船は帆に風をはらんで北西の方向へと進んでいる。

ニックはとくに、ここにいてくれとも言わなかった。きっと彼の頭の中は、だれにも束縛されない自由な日々を手に入れたときのことでいっぱいなのだろう。

パイパーは苦痛に押しつぶされそうになりながら船室に下りていった。

風のおかげで、航海は順調に進んでいた。やがて朝日が昇り、遠くにサントロペの時計台の黄色の屋根が見えてきた。ニックはヨットの並ぶ港を過ぎ、ヴェルナッツァの西寄りの岸に船をつけた。

錨《いかり》を下ろしてまもなく、パイパーがデッキに現れた。コットンのシャツに細身のジーンズという、魅惑的な体の線をあらわにしたいでたちだ。去年の六月、ピッチョーネ号でパイパーを初めて見た瞬間から、ニックは輝くばかりの美貌《びぼう》のとりこだった。きらめく瞳は、ヴェルナッツァの海と同じ色だ。

朝食ができたと呼びかけるパイパーの声はなんとも愛らしかった。昨夜の演出が功を奏したようだ。パイパーは僕に深い同情を覚えて、ハネムーンを取りやめようとは言わなかった。

ラースの逮捕を願う気持ちは本物だが、そのためにパイパーと二人きりでいられる時間を引き延ばす口実がなくなることを、ニックは心のどこかで恐れていた。そろそろパイパーに気づかせなければ。彼女が僕を愛していることを。少なくとも僕はそう信じたい。

「オリヴィアは料理上手だとリュックが言っていたが、君もそうだとは知らなかったよ」彼は言った。

ニックと一緒に小さな厨房《ちゅうぼう》の折りたたみ式テーブルについて食事をとっていたパイパーは、彼にコーヒーのおかわりをついだ。「これ全部、オリヴィアが私たちのために事前に用意して冷蔵庫に入れておいてくれたの。私はただ温めただけ」

「なんにせよ、おいしいよ。夜通し船を操縦していたから、腹ぺこなんだ」

「オリヴィアは腕によりをかけたのね」

「悪阻《つわり》の最中だというのに、ありがたいな」

「オリヴィアのつらそうなようすを見て、グリアは養子をもらうことにしてよかったって言ってたわ」

ニックは皿にのったクレープの最後の一枚を食べた。そして、言うべきか言わざるべきか悩んだ末に口を開いた。「君にまだ話していないことがあるんだが。実は、マックスは養子縁組の話を白紙に戻すつもりなんだ」

パイパーはさっと顔を曇らせた。「もしかしてグリアはそのことを知らないの？」

「ああ、今はまだね」

「ちょっと、それはひどいじゃない！」

ニックはパイパーの手をつかんだ。「違うんだ。ちょうど養子縁組の申請をしたころ、マックスは年に一度の定期健康診断を受けた。そのとき、結婚したということで、医師に勧められて精子の数を検査してもらったんだよ。そうしたら、なんと、数年前に怪我《けが》で脾臓《ひぞう》を傷めたときと比べて数値が上がっていたんだ。なにか不思議な力が働いて、マックスの体にいい変化をもたらしたらしい。医師は、もしグリアのほうになんの問題もなければ、妊娠は可能だと言ったそうだ」

「ほんとなの！」

「ああ……でも、マックスはこのことをグリアには伏せておきたいと思っている。というのも、もし彼女が知ったら、妊娠しようと躍起になるあまり、かえって子供ができにくくなるかもしれないと、医師から忠告を受けたんだ」

「それじゃ、グリアは今すぐにでも妊娠できるけど、ただその事実を知らないだけってこと？」

「マックスはそういう話だったらいいと思っている」ニックはパイパーの手を強く握ってから放した。

「まあ……それじゃ、彼女がチャペルで気分が悪くなったのは、たぶん悪阻だわ！」パイパーは唇を嚙《か》んだ。「自分の子供を持てないと思っていた間、マックスもつらかったでしょうね」

「ああ」ニックは深く息を吸った。「子供ができないことを医師に聞かされてから、マックスはすっかり変わった。結婚にまるで興味を持たなくなったんだ。僕は僕で、ニーナとの結婚をなるべく引き延ばそうと考えていたから、彼とすっかり意気投合した。そうこうするうちに、今度はリュックが自分の婚約者を弟に奪われたと勘違いして、女性とはもう金輪際かかわらないと言いだした。まったく最悪だったよ。そんな状態の僕らに、幸せなんて訪れるわけがなかった。だが、ダッチェス家の三姉妹が現れて……。あのときから、三人の人生は一変した。ベッドに行かないか、愛する人《アモラーダ》。君はすばらしい女性だ。僕はこの結婚を本物にしたい。君が望むなら、ヴァラーノ一族に生まれる赤ん坊を三人にすることもできる。僕ら三家族に新しい家系が誕生するわけだ。ダッチェス・パルマ・ブルボン家という家系がね」ニックは立ちあがった。「どうだろう？　僕は船室にいる。今の話、考えてみてくれないか？」

9

オリヴィエ号の厨房《ちゅうぼう》の食器が割れないものだったのは幸いだった。そうでなければ、パイパーは皿からグラスまで一式そっくり弁償するはめになっていただろう。

グリアが妊娠できるかもしれないという話に、もっと心を奪われてもいいはずだった。だが、今のパイパーの頭は夫のことでいっぱいだった。

ニックは、ほかに好きな人がいると言った。でも、彼の妻になったのは私だ。そして今、彼は私とベッドをともにすることを望んでいる。ここからほんの数歩進めば船室だ。私はついにニックの腕に抱かれ、ラースが逮捕されるまでの間、彼にありったけの愛をそそぐことができるのだ。

ためらう必要がどこにあるだろう？

あれこれ悩むのはもううんざりだ。二人の結婚生活にはどうせ終わりがくる。それが、婚姻無効という形になろうが、離婚という形になろうが、大差はない。別れたあとは、ニックも私もそれぞれの道を歩むだけのことだ。ダッチェス家の三姉妹が全員、夫や家庭を得られるように運命づけられているわけではない。彼を愛してしまった私は、ほかの男性に恋をすることなどできないだろう。それなら、せめて今宵《こよい》を思い出の夜として胸に刻みつけておきたい。

パイパーは心を決めると、船室へ向かった。

ニックはベッドの上段に横になっていた。身につけているのはスウェットスーツのボトムだけだ。パイパーが船室に足を踏み入れると、彼はこちらに顔を向けた。

「下のベッドに下りようか、それとも君がこっちに来るかい？」ニックは低くハスキーな声で言った。

「その前に、言っておきたいことがあるの」

彼はほほえんだ。パイパーは身も心もとろけそうになった。「どうぞ」

「私、赤ちゃんは欲しくないの。だから、必要な策は講じてほしいのよ」

「なぜ欲しくないんだい？」

即座に問い返され、パイパーはびくりとした。

「わかっているでしょ。私、別れたあとは、あなたと会う気はないの。年に一、二度の親族の集まりは別としてね」

ニックは端整な顔を曇らせ、パイパーをじっと見つめた。張りつめた空気が漂う。「避妊をしたところで、百パーセントの保証はない。君がそういうつもりなら、僕は君に指一本触れないよ。子供には愛し合う両親が必要だ。三時になったら起こしてくれないか、僕の奥さん《ミ・エスポーサ》。そのころまでには、気温も二十度近くになるだろうから、一緒に泳げる」

去年は、喪中の身だというういかにも言い訳めいた理由で拒絶され、今度は、反論の余地のない完璧《かんぺき》な理屈ではねつけられた。

「だったら、あなたが眠っている間、私はちょっとサントロペの街を観光してくるわ」

パイパーはバッグをつかんで船室を出た。これほどの胸の痛みを覚えながらも、まだちゃんと足を動かせるのが不思議だった。

ニックが船を岸の近くまで寄せてくれていたので、ジーンズの裾《すそ》を折り返すだけで、服を濡《ぬ》らさずに浜辺に上がることができた。

今も自分がだれかに尾行されていると思うと奇妙な感じだった。ニースに到着したときからずっと見張られているのだ。おそらく交代制で何十人というボディガードが動員されているのだろう。

美しいサントロペの街並みを散策したあと、ラノンシアード美術館で数時間ほど、お気に入りのマチスから、ボナール、ユトリロまで、フランス絵画の巨匠たちの作品を鑑賞して過ごした。

美術館を出るころには、自分でもなにか描《か》きたくなり、スケッチブックを買った。そして、花売りや果物売りでにぎわうアーブ広場に行き、時のたつのも忘れてまわりの風景を描いた。

茶色のポロシャツと白いカーゴパンツに身を包んだニックの姿が視界に入ってきたときには、驚いて思わず声をあげた。腕時計を見ると、もう五時をまわっていた。パイパーははじかれたようにベンチから立ちあがった。「ごめんなさい。すっかり時間を忘れていたわ」

ニックはスケッチブックを取りあげ、ページをめくった。「かまわないよ。すばらしい絵だね」彼はさぐるような目でパイパーを見た。「おなかがぺこぺこだ。君もかい？」

「ええ」

「海岸沿いに君が気に入りそうな、こぢんまりとしたすてきなレストランがあるんだ。そこへ行こう」

パイパーはバッグとスケッチブックを小わきにかかえ、ニックとともに店へ向かった。

レストランでシーフード料理を堪能《たんのう》している間中、パイパーは自分に向けられる店内の女性たちの嫉妬《しっと》に満ちた視線を感じていた。だが、ニックのほうは彼女たちの称賛のまなざしに気づくようすもなく、パイパーとたわいのない会話を続けた。

オリヴィエ号に戻るころには、日は落ち、気温も下がっていた。ひと泳ぎしたいと思っていたが、もう無理だろう。だが、ニックはそう考えていないようで、すぐに水着に着替えた。

ニックが水をかく音を聞きながら、パイパーは寝る支度をしてベッドの下段に横になった。思ったより疲れていたのだろう。彼が船室に戻ってきたときには、すでに眠りに落ちていた。

翌朝、目覚めると、船はまた沖へ出ていて、穏やかな揺れを感じた。パイパーはシャワーを浴び、洗いたての服に着替えて、ニックのところへ行った。

「シニョーレ・バルツィーニから連絡はあった？」

「いや」

「今日はどこへ行くの？」

「どこの港でも、行きたいところへ行けるが、東に行くほど暖かくなる。君にまかせるよ」

そっけない態度だ。

「朝食は？」

「もう食べた」

「そう。だったら、私は今からすませてくるわ」

返事はなかった。

パイパーは厨房へ下りていった。あまりおなかはすいていなかったが、とりあえず、新鮮なプラムをつまんだ。そして、友好のしるしにと、ニックのためにコーヒーをいれ、デッキに戻った。旅はまだ数日あるのだ。こんな気まずい状態のままではつらい。

パイパーが湯気の立つカップを渡すと、少し間をおいてから、ニックは礼を言った。「ありがとう」

どうやら彼は一人になりたいらしい。パイパーは船の舳先《へさき》へ行き、ベンチに座って、美しい海岸線を眺めた。しかし、すばらしい景色や潮の香りを満喫しながらも、気持ちは沈むばかりだった。

夜は二人でアラッシオの街に繰り出し、海辺のホテルのレストランで夕食をとった。だが、それもパイパーの心を慰めてはくれなかった。恋い焦がれている相手と一緒に楽園にいるのは、独りぼっちで過ごすよりも苦しいことだ。そう、その相手が自分を愛してくれていない場合には。

翌日も同じことの繰り返しだった。依然、シニョーレ・バルツィーニからの連絡はなく、ニックは、どこへ行きたいかと尋ねた。

船はちょうどチンクエテッレの近くを通っているところだったので、パイパーはモンテロッソはどうかと提案した。そこは、ピッチョーネ号での旅の初日に姉と妹と一緒に泳ぐはずだった場所だ。しかし、ニックと従兄弟《いとこ》たちに誘拐同然にレリーチ港でとらえられ、留置場にほうりこまれたために、計画は実現しなかったのだった。

ニックが航路を定めた。二人の間のぎくしゃくした雰囲気に耐えられず、パイパーは思わず口走った。

「このあたりの海はもう知り尽くしているから、退屈でしょう、ニック？」

「いいや。僕は海が大好きだからね。ここしばらく銀行の仕事も忙しかったから、このつかのまの休息を楽しんでいるよ。君はそうじゃないのかい？　だったら残念だな」

「もちろん私だって楽しんでいるわ。でも、あなたが自分のしたいことも我慢して旅を続けているのかもしれないと思うと……」

「僕がしたいのは、妻と愛し合うことだ。それ以外には、差し当たって望むことはない」

「好きな人と一緒にいること以外にはでしょ？　教えて」パイパーは声の高ぶりを必死で抑えながら続けた。「その人はコンスエラ・ムニョスなの？」

「いいや」

「だったら、だれか結婚している女性？」パイパーはもう自分をとめられなかった。

「ああ」

「それじゃ、希望はないわね」

「そうかもしれない」

パイパーは拳《こぶし》をぎゅっと握り締めた。「でも、この事件が解決して、また前向きに人生を歩んでいけるようになれば、ほかに愛する女性を見つけることもできるわ」

「僕はほかの女性などいらない」

「相手の女性もあなたと同じ気持ちなの？」

「そうだ」

「だったら、なぜその人はなんの行動も起こさないの？」

ニックの胸が激しく上下するのがわかった。「僕が彼女の心を傷つけてしまったからだ」

「許してもらえないの？」

「もし許す気持ちがあるなら、彼女は自分から僕のところへ来てくれるはずだ」

パイパーは混乱を振り払うように頭を振った。「でも、二人がうまくいく可能性がほんのわずかでも残されているなら、なぜあなたは私に向かってこの結婚を本物にしてもいいなんて言ったの？」

ニックの表情が硬くなった。「僕はもう、同じところにとどまっているのがいやになったんだ。司祭も言っていたが、僕も若くはない。人生における最大の罪は、それを謳歌《おうか》しないことだ。そう思わないかい?」

「あなたはそんなふうに感じていたの? 今までは自分の人生を本当の意味では生きていなかったと」

「僕の従兄弟たちが今、生きているようにはね」

「本物の愛を見つけることほどすばらしいものはないわ。あなたは今まで、親が決めた女性と結婚するという義務があったから、自分で相手を見つけることをしなかった。その気になれば、きっとすばらしい人とめぐり合えるはずよ」そう言い残してパイパーは船室へ下りていった。〝ほかの女性などいらない〟という言葉が、ただでさえ傷ついた自分の心をどれほど打ちのめしたか、ニックには知られたくなかった。

そのあとはもうデッキには戻らず、ベッドを整えた。それから、指輪をはずしてキッチンとバスルームの掃除をした。ニックを遠ざけておけるなら、なんでもよかった。やがて錨《いかり》を下ろす音が聞こえると、パイパーは街へ行こうと、コットンのシャツとジーンズに着替えた。彼と同じ船にいて、これ以上苦しい思いをさせられるのはごめんだった。

「ニック? ちょっと街へ行ってくるわね。たぶん帰りは夕方になると思うわ」パイパーは、デッキの椅子で日光浴をしていた彼に声をかけて船を降りた。

三十分後、街の中でも中世の雰囲気が色濃く残る一角に出た彼女は、そこで絵を描《か》きはじめた。おかげで日中はなんとか心の平静を保つことができた。六時ごろにはおなかがすいてきたので、船に戻る前になにか食べることにした。

ところが、港へ向かう細い路地に入ってまもなく、パイパーはだれかがうしろから声をかけているのに気づいた。どうやらオリヴィアと呼んでいる。

パイパーが肩ごしに振り返ると、二十代半ばのダークブロンドの男性がこちらにやってきた。「僕のこと、覚えてない?」アクセントからすると、ドイツ人かオーストリア人のようだ。

「いいえ、お会いしたことはないと思いますけど」

「僕だよ、エリックだ」明るいブルーの瞳が無遠慮にパイパーを眺めまわす。「去年の夏、浜辺で、一緒にボール遊びをしたじゃないか。誘ったのに君がディスコに来なかったって、友達のラースはおかんむりだったぞ」

ラースですって？

パイパーはごくりと唾《つば》をのみこんだ。

そういえば、ここはオリヴィアがラースに会ったと言っていた場所だ。たしか、ラースはドイツ人やクロアチア人の友達と一緒だったと話していた。すべてがぴったりと一致する。

わきあがる恐怖に、パイパーの心臓は大きな音をたてて打ちはじめた。「それは妹だと思うわ。私たち、そっくりなの。確かに妹は去年の夏、ガッビアーノ号っていう船でチンクエテッレに来ていたわ」

エリックは額をたたいた。「そうそう、ガッビアーノ号だ。あれ以来、ずっとラースはその船をさがしつづけていたんだが、見つからなかった」

パイパーは震えた。ペンキを塗り替えたとき、リュックがあの船の名前を変えていなかったら……。

「それにしても、姉の私とここで会うなんて偶然ね」

「ああ。オリヴィアも一緒なのかい？」

「いいえ、私一人よ。仕事で来ているの。あなたは？」

「僕は、友達と一緒にラ・スペッツィアのヨット・チャーター会社で乗組員として働いている。海に出ていないときは、ここモンテロッソを根城にしているんだ」

このエリックという男は、ラースが殺人犯であることを知っているのだろうか？　おそらく、マリー・ルイーズ・コレクションの盗難事件にはかかわっているのだろう。もしかすると、ラースもこの界《かい》隈《わい》に住んでいるのかもしれない。できる限り情報を引き出さなければ。

「ここはまさに楽園ね」

エリックはにっこりした。「ああ、僕らもそう思っているよ。モンテロッソにはどういう仕事で？」

「私は画家なの。カレンダーのイラストを描いているのよ」

「君の名前をまだ聞いてなかったな」

「パイパーよ。次はいつ海に出るの？」さぐりを入れているように思われてはまずいが、改装されたガッビアーノ号が今モンテロッソ沖に停泊していることだけは、なにがあっても彼に知られてはならない。

今ごろニックは、私が見知らぬ男に話しかけられているという報告をボディガードから受けていることだろう。とっさの機転でパイパーは言った。「私、これから列車でポルトフィーノに行くの。今夜は〈スプレンディード〉に泊まるのよ」

パイパーが駅の方へ歩きだすと、エリックもついてきた。

「あそこはいいホテルだ。でも、今夜はこっちに宿泊しないか？　僕と一緒に楽しく過ごそうよ」

「そうしたいけど、私、夜明けのポルトフィーノ港の写真を撮りたいの。そのあとは一日スケッチをするつもり。だから今日は早くやすまなくちゃ」

「だったら、明日の晩はどうだい？　ラースに言って、女の子をもう一人連れてこさせるから。四人で楽しくやろう。思い出に残るすてきな夜にしてあげるよ」

パイパーはうなじの毛が逆立つのを感じた。「楽しそう。そうしたら、七時に〈スプレンディード〉のプールで待ち合わせっていうのはどう？」

二人は駅に到着した。エリックがパイパーの腰に腕をまわし、建物の中へと促す。そのなれなれしいしぐさに、パイパーは鳥肌が立った。

ホームに着いて列車がくると、さっさと彼から離れ、車両に乗りこんだ。「じゃあ、エリック、また明日の夜にね」

「またな《チャオ》、パイパー」

コンパートメントに席を見つけたパイパーは、窓の外からほほえみかけてくるエリックに向かって、仕方なく手を振った。そして、列車が出るが早いか、携帯電話を取り出した。

震える手で番号を押すと、一回目の呼び出し音でニックが出た。「君が列車に乗ったところをボディガードが確認した。今、僕も駅にいるんだ。大丈夫かい、いとしい人《ミ・アモール》？」

ニックの深みのある声に混じる気遣わしげな響きと、彼が自分を追ってきてくれていたという事実に、パイパーは勇気づけられた。「ええ、大丈夫よ」

「よかった！　あの男はだれだったんだい？」

パイパーは電話を持つ手に力をこめた。「名前はエリック。去年の八月、オリヴィアがラースとボール遊びをしたときに、一緒にいた彼の友達の一人よ。エリックはオリヴィアと間違えて私に声をかけてきたの。それで、彼とはとりあえず明日の夜、〈スプレンディード〉でダブルデートする約束をしておいたわ。それから、エリックとその仲間は、ラ・スペッツィアのヨット・チャーター会社で乗組員として働いていることがわかったの」

そこで、ニックの返事がないことに気づいた。列車がトンネルに入っていたのだ。こちらの話はどこまで聞こえていたのだろう？

ポルトフィーノに着いたころには通話が可能になっていたが、電話をかけてもニックは出なかった。着きっと、オリヴィエ号に戻る途中なのだろう。着きしだい、折り返し連絡してくるはずだ。

しかし、三十分後、ホテルにチェックインしたときも、まだ彼から電話はかからなかった。

さらに三十分たったが、相変わらず連絡はない。

パイパーは落ち着かず、じっとしていられなかった。だが、外に出るのも怖いので、食事はルームサービスを頼んだ。

一時間が二時間になり、ついには三時間が過ぎた。十二時になると、もう我慢も限界だった。ハネムーン中だということになっているのだからと、ニックにはとめられていたが、パイパーはグリアに電話をかけた。

しかし、返ってきたのは留守番電話の応答メッセージだった。次にオリヴィアのところにかけてみたが、結果は同じだった。パイパーはやけになって、義兄の携帯電話の番号を押した。けれど、またしても応答メッセージを聞くはめになった。

だれのところにも電話が通じないなんて、なにか大変なことが起きているに違いない。

ようやく自分の携帯電話が鳴ったとき、パイパーは驚いて心臓が飛び出しそうになった。「ニック?」

彼女は叫ぶように言った。

「いいえ、私、グリアよ。家からかけているの。オリヴィアも子機で話を聞いているわ」

「ああ、電話をもらえてよかった! 今〈スプレンディード〉にいるんだけど、状況がわからなくてやきもきしていたの。ラースについての情報をつかんだからニックに連絡していたら、途中で電話が切れてしまって。ニックの身になにかあったら、私、生きていけない――」

「パイパー!」グリアがさえぎった。「聞いて。たった今、マックスがローマの警察本部のシニョーレ・バルツィーニのところから電話をくれたの。リュックとニックも一緒だそうよ。あなたの旦那様《だんな》は無事なのよ! もう大丈夫。すべてがうまくいったの」

「そうなのよ!」オリヴィアが割りこんだ。「さっき、ラースとエリックが逮捕されたの。今は、ブリタニア号のほかの乗組員たちと留置場に入れられているわ。あなたがニックに情報を伝えたおかげよ」

「ほんと？　事件は解決したってこと？」

「ええ、なにもかも！」

「ああ……夢のようだわ！」涙が頬を伝った。

「あいにく、今はみんな事情聴取を受けているところなの」グリアが説明した。「自分が行くまで部屋でゆっくりやすんでいるようあなたに伝えてくれって、ニックに頼まれたわ。マックスは一族の弁護士として、今夜はあれこれ片づけないといけない仕事があるの。私たちの夫は三人とも徹夜になるでしょうね。まだ見つかっていない宝石の件もあるし、なにより、今回のことは心情的に微妙な部分を含んでいるから。ニックの両親とロブレス家の人たちも召喚されてローマに行っているんですって。ニーナが亡くなったあのゴンドラの事故が実は仕組まれたものだったという事件の真相を、今聞いているわ」

パイパーはベッドの端に腰を下ろした。「ロブレス家の人たちにとってはつらいでしょうね」

「本当に」オリヴィアも同情を示した。「でも、とにかく犯人は逮捕されたのよ」

愛する者たちに忍び寄る魔の手が去ったことは、パイパーにとってこの上ない喜びだった。でも、そこで新たな問題が生じてくる。これほど早く直面することになるとは予想もしていなかった問題が。

「パイパー？　聞いているの？」

「ええ。今回のことがほんとに終わったなんて、まだ信じられなくて……」

「その気持ち、わかるわ。一度は容疑者にされたなんて、まったくありえない話よね」

パイパーは力なく笑った。「それももう、百年も昔のことのようだわ」

「そもそも私たちがあんなふうにヨーロッパに出か

けたこと自体、運命の導きだったんだって思わない？」オリヴィアが言った。「そして今、私たちは、世界中さがしたってまずいないようなすてきな男性の妻になってる」

「ええ、そうね」パイパーはささやくように言った。

「なんだか元気のない声ね」再びグリアが口を開いた。「今から二人でそっちに行きましょうか？」

「いえ、いいわ」来ちゃだめ！「気持ちはありがたいけど、もう夜中だし、疲れているの。あなたたちもそうでしょ？」

「今夜はだれも眠れないわよ。今からそちらへ行くわ。あなたは今日〝一人はみんなのために〟の働きをしてくれた。今度は私たちが〝みんなは一人のために〟の務めを果たさなくちゃ！」グリアは大まじめに言った。「それじゃ、一時間後に」

パイパーは電話を手にしたまま、しばらく動けなかった。体にじわじわと寒気が広がる。事件が解決したということは、私がニックの妻でいる理由はなくなったのだ。

今すぐ私がニューヨークに帰れば、婚姻無効の手続きは滞りなく進むだろう。そして、ニックは自由の身となり、まただれか愛する女性を見つけることができる。

十分後、パイパーはタクシーの運転手に、ジェノヴァ空港へ向かうよう告げていた。


午前三時半、ニックの携帯電話が鳴った。ロブレス一家とともに警察で状況説明を受けていた彼は、みんなに断って席を立ち、廊下に出た。三姉妹を除いて一族は全員このローマに集まっているので、彼に連絡をしてくる者と言えば、妻しかいない。

一刻も早くパイパーの声が聞きたくて、ニックは発信者番号も確かめずに電話に出た。「パイパーか」

「すみません、セニョール・デ・パストラーナ。ジエノヴァ空港の保安警察のファウスト・ガーリです。実は、先ほどダッチェス三姉妹の一人がニューヨーク行きの便に搭乗しようとしまして、こちらで引きとめています」

ニックはうめいた。

「イタリアへの渡航目的を尋ねても、まったく答えようとしないので、今現在も留め置いているしだいです。宝石類は身につけておらず、所持品はスケッチブックとバッグだけです。もちろん、携帯電話は取りあげましたが。彼女は、ニューヨークの顧問弁護士に連絡をとらせてくれと要求しています。こちらの質問に答えればすぐにでも電話をかけさせてやると言っているのですがね。それと、彼女はあなたの妻だと言い張っているんです。あなたに話を通せば、事は片づき、ニューヨークに帰れるのだと」

いや、彼女が帰るのは僕らの新居だ。

「適切な処置でしたよ、シニョーレ・ガーリ。今、彼女はどこに？」

「出国待機室です」

「けっこうです。簡易ベッドと暖かい毛布を用意してやってください。それとなにか食べるものも」

「わかりました、セニョール」

「今からそちらに向かいますが、到着するのは一、二時間後になると思います」

「了解しました」

ニックが電話を切ると、リュックの声がした。

「パイパーがどうかしたか？」

従弟《いとこ》がうしろに立っていたことに、ニックはそのとき初めて気づいた。「パイパーはニューヨークに帰ろうとしたらしい。シニョーレ・ガーリが今、ジェノヴァ空港で彼女を引きとめている」

リュックはニックをじっと見つめた。「君は、自分が結婚した本当の理由を彼女に話してないんだろう？　今さら、なぜそんなショックを受けたような顔をしているんだ？　こういう日がいつかくることはわかっていたじゃないか。君とフアン・カルロス叔父さんはよく似ているよ。二人とも、パストラーナ家の人間としてのプライドを過剰なまでに持ち合わせている。その困った自尊心のせいで互いに心を開けないいんだ。叔父さんは心の底では君を愛していて、君から愛されることを願っている。それなのに、息子を勘当するなんて本気じゃなかったってことをなかなか君に伝えられないでいるんだ。自分の望む言葉が返ってこなかったらと思うと怖くてね」

「僕がそれをわかっていないと思うのかい？」

「わかっていたというのか？」リュックは挑むように言った。「それなら、なぜパイパーまで同じやり方で締め出そうとするんだ？」

リュックは知らないのだ。こんな説教など今の自分にはもはや不要であることを。肺いっぱいに息を吸いこんで、ニックは言った。「実はさっき、父にその〝望む言葉〟を言ってきたんだ。父は涙を流して心からあやまってくれたよ。僕らはしっかりと抱き合った。何年も前にそうすべきだったようにね」

「よかったな」リュックはかすれた声で言った。

「ただ、パイパーのことについては――」ニックは咳払《せき》いをした。「まったくもって君の言うとおりだ。この一年間は、喪中の身であるというやむをえない理由でパイパーを拒絶せざるをえなかったが、それにもかかわらず、僕は彼女に理解されたい、愛されたいと願っていた。パイパーに激しい敵意を向けられたときには、自分が彼女の心を修復不可能なほどに傷つけてしまったのかもしれないと恐ろしくなったよ。それで、正直な気持ちを伝えることができなかった。パイパーが僕を置いてニューヨークに帰りたくなったのも当然だ。しかし、そんなことはさせない。僕はもう以前の僕とは違うんだ。新しく生まれ変わった僕は、これからジェノヴァ空港に向かう。

そして必要とあらば、パイパーの前にひれ伏してでも許しを請うつもりだ。彼女を失うなんて耐えられない。彼女は僕の命だから。シニョーレ・バルツィーニによろしく伝えてくれ。僕には、今回の事件よりもっと大切な問題が生じて、ただちにそれを解決しなければならないのだと」

「この話を聞いたら、マックスも心底ほっとするだろうな」

「確かに」ニックはつぶやいた。「パイパーのこととなると、あの姉妹はまるで我が子を守る母ライオンのようだ。君らも、パイパーのことを心配する妻をかかえて気苦労が絶えなかっただろう」

リュックはおなじみのファルコン家特有の笑顔を見せた。「とにかく、パイパーとの関係を修復することだ。うまくいったらすべて許すよ」

「ああ」

10

午前五時、パイパーはみじめな思いで暗闇《くらやみ》の中に横たわっていた。おそらくあと半日は、この窓もない部屋で過ごすはめになるだろう。そう思ったとき、明かりがつき、ニックの姿が現れた。

彼のハンサムな顔が目に入らないように、パイパーは毛布を頭の上まで引っぱりあげた。

ニックがベッドわきに椅子を近づける音がした。

「シニョーレ・ガーリが君を足止めするなんて思いもしなかったよ、パイパー。信じてくれ!」

「明かりを消して。まぶしいわ」

部屋はまた真っ暗になった。

「これでいいかい?」ニックはかすれた声で言った。

彼が再び椅子に座ったのが気配でわかる。

「ええ」

「去年の六月、シニョーレ・ガーリは、君たち三姉妹をイタリアから出国させないようにと指示を受けていた。僕たちが君らのことを宝石の運び屋かもしれないと話していたんだ。あれから事情がすっかり変わったことを彼は知らなかった」

パイパーの頬を熱い涙が伝った。「彼は職務に忠実なのね」

「確かに、君の件に関してはそれが見事に功を奏した。ありがたいことに」ニックは震える声で言った。

「なにしろあなたは、またまんまと私のイタリア脱出計画を阻止することができたんですものね」

「ありがたいというのは、そんな意味じゃないよ。君のことはいずれにせよ、どこまでだって追いかけていくつもりだった。僕が言っているのは、ラースが逮捕されたことさ。やつは〈スプレンディード〉の君の部屋の前にいたんだよ。ボディガードを殴り倒して、まさにドアを破って中に押し入ろうとするところだったそうだ」

パイパーは背筋が冷たくなった。「ラースが廊下にいたの？」

「ああ。君から電話をもらったあと、僕は警察に連絡して、エリックのあとをつけた。やつは駅の近くの宿に入っていったが、しばらくして、そこからラースが現れて車でどこかへ出かけていった。〈スプレンディード〉に向かうんだと、僕には直感でわかったよ。警察が宿を強制捜査し、エリックはブリタニア号のほかの乗組員たちと一緒にローマへ送られた。僕はポルトフィーノに向かおうとヘリコプターに乗ったんだが、機械上の不備で離陸が遅れ、〈スプレンディード〉に着いたときには、もうラースは逮捕されたあとだった」

パイパーは身を震わせて枕《まくら》に顔をうずめた。

「一つ教えてくれないか。君はなぜエリックを船におびき寄せなかったんだ？　君のことは僕が守るのに。自分の夫が信頼できなかったのかい？」

パイパーは体を起こした。「違うわ。エリックは私のことをオリヴィアと間違えていたのよ。あなたが会ったのは去年の夏ガッビアーノ号でモンテロッソを訪れた私の妹だとエリックに言ったら、ラースが昨年から何カ月もその船をさがしていたようなことを口にしたの。オリヴィエ号を見せたりしたら、エリックはあの船がガッビアーノ号と同じものだと気づいてしまうかもしれない。ラースがエリックから話を聞いて、また姿をくらましでもしたら、大変でしょう？　だから私は、モンテロッソには仕事で来ていて、移動には列車を利用しているふりをしたの。夜明けのポルトフィーノ港の写真を撮りたいから、今晩のうちに行っていたいって言ったら、エリックは私の作り話を信じて、明日の夜ポルトフィーノで会おうと誘ってきたわ。ラースに頼んでもう一人女の子を連れてくるからって。エリックとデートの約束をするなんて虫酸が走ったけど、ほかに方法がなかったの」

「そういう事情だったのか。実に賢い策だったよ」ニックはきっぱりと言った。「でも、君の身は危険にさらされた」

「でも、とにかくラースが逮捕されてよかったわ。大事なのはそのことよ。これで私はニューヨークに帰って仕事を再開できるわ」

「そんなことはさせないよ、ダーリン」

パイパーは毛布をぎゅっとつかんだ。「今、なんて呼んだ？」

「これまでずっとスペイン語で言ってたのと同じ意味の言葉だ。僕のいとしい人、僕の愛する人――」

パイパーは涙で目がひりひりしてきた。「やめて、ニック、もう十分だから」

「わかった。これで、芝居もゲームも終わりだ。やっとこうして二人になれた今、僕らに必要なのは真実だけだよ」

パイパーは眉を上げた。「今日のあなた、なんだか変よ」

「僕は失意の男だからね」

「天下のニコラス・デ・パストラーナは、失意なんてものとは無縁の人間でしょう」

「それは表向きの僕さ。本当の自分を隠すための」

「ちょっと、まじめに話してよ」

「人生で、今ほど真剣になったことはないよ。僕は徹頭徹尾パストラーナ家の人間として育てられた。そして、父の期待にそむかない限り、自分はなんでも好きなものを手に入れて、なんでも好きなものになれるということを、幼いころに学んだ。お金、地位、権利――すべてが思いのままだったよ。同じ境遇に生まれ落ちた二人の従兄弟《いとこ》とともに、僕はこの上もなく恵まれた生活を送ることができたんだ。他人をうらやむなんて経験はついぞしたことがなかった。父が僕の人生を闇に突き落とすような頼み事をしてくるまでは」

「ニーナのことね」

「そうだ」

「でも、あなた、お父様がニーナとの結婚を望んでいらっしゃることは、十歳のころから知っていたんでしょう?」

「ああ。だが、実を言うと、その望みに応《こた》えるつもりはなかったんだ」

パイパーは驚いてニックを見た。「だったら、なぜ……」

「僕が婚約に踏みきった理由はただ一つ――父が心臓発作で倒れたからだ。病床の父は、このまま息子とニーナの結婚式も見ずに死ぬかもしれないと嘆いていた。それで医師は僕を呼び出して言った。過度のストレスは命取りになりかねないと。まさか嘘《うそ》をつかれているとは思いもしなかった」

パイパーは仰天した。「お医者様がお父様の病状についてあなたに偽りの報告をしたというの？」

「父の差し金だよ。父が病院にかつぎこまれたのは、本当は好物の手長海老《えび》の食べすぎによる急性消化不良のためだった。それを心臓発作ということにしたんだ。僕とニーナを正式に婚約させ、式の日取りを決めるという自分の望みをかなえる格好の口実を、父は手に入れたのさ。そして、僕は昔から使い古された最も古典的な手口にあっさりと引っかかった。ところが、ある日、父に具合はどうかときいてみると、どうもようすがおかしいんだ。そこで医師に直接尋ねたところ、僕と目を合わせようとしない。さては、とぴんときたよ」

パイパーはベッドの上にはね起きた。「実の息子にそんなことをする父親がいるなんて」

「父はふつうの人とは違うんだ」

「あなたをだまして婚約させたうえに、一年間の喪に服す義務まで負わせたのよ。お父様はどうしてそんなひどいことができたのかしら？」

「いや、父は服喪に関してはなんの指図もしていない」

「なんですって？」

「僕には、父が自分の行為を深く悔やんでいることがわかったんだ。おまけにニーナが亡くなって、父は罪悪感にさいなまれていた。本当のところ、父にとって、カミラは息子の結婚相手として最も望まない女性だった。彼女にはニーナのようなやさしさがないからね。それで、僕は自ら喪に服して、意に染まないカミラとの結婚話を進めようとしている父に考える時間を与えたんだ」

「ニック――」

「パイパー、僕の行動は決してほめられるものではない。喪に服するという行為を、父を懲らしめるために利用したんだからね。ただ、僕自身にとっては、ニーナへの哀悼の意を示すための服喪だった。僕がニーナとの結婚を承諾したりしなければ、彼女は命を落とさずにすんだかもしれないんだから」

パイパーはうめいた。「殺人犯が逃亡中で、ニーナに危険が迫っているなんて、あなたもお父様もセニョール・ロブレスも知りようがなかったのよ」

「だが、彼女は死んだ。その責任は僕にある」

パイパーは頭を垂れた。「あなたが心から喪に服していることに気づいてあげなくてごめんなさい」

「君があやまることじゃないよ！」ニックは強い口調で言った。「君たち姉妹がピッチョーネ号に乗ってきたとき、僕は完璧《かんぺき》に、もうどうしようもないくらいに君に心を奪われてしまった。でも、従兄弟たちがそれぞれ恋に落ちても、僕と君の間にはそんな感情は生まれていないと自らを偽らなければならなかった。僕には一年間、償いの意味でニーナの喪に服する義務があったからだ。僕はひそかに誓いを立てた。喪が明けるまでは、決して君に触れない、近づかない、と。マックスの結婚式のあと、君に昼寝に誘われたとき、僕は君がたまらなく欲しかった。そして、そんな自分を激しく嫌悪した。だからこそ、君を冷たく突き放さざるをえなかったんだ。そうでもしなければ、自分の感情を抑えこむことができなかった。リュックとオリヴィアの結婚式に出るために君がスペインにやってきたとき、どんなに二人の式を合同結婚式にしたいと思ったことか」

パイパーは喜びがこみあげてくるのを感じた。

「なぜあの日、君を黙って見送ることができたのか、今でもわからない。だが、これだけは確かだ。僕は君のもとへ行き、プロポーズできる喪明けの二月一日が訪れるのを指折り数えて待っていた。なのに、デスクの向こうに座っている、とてつもなく美しくよそよそしい君を見た瞬間、おじけづいた。自分が君の心を許しがたいほどに傷つけてしまったことを思い知らされたからさ。ドンと婚約したと言われたときには、危うく心臓発作を起こすところだったよ」次の瞬間、ニックはパイパーのベッドへすべりこんでいた。彼女を仰向けに横たえ、その上にかがみこむ。「ニーナの死が事故ではなく殺人だったと知り、僕はもう一度だけ彼女の話を利用することにした。今度は君と結婚するための手段としてね」

パイパーは両手でニックの顔を包みこみ、生えかけの顎髭《あごひげ》に触れた。「あそこまでする必要はなかったのに、ダーリン。私があなたを愛していて、もう夢中だったってことはわかっていたはずよ」彼の口元でささやく。

「もう一度言ってくれ、パイパー」

「あなたを愛しているわ」パイパーは熱をこめて言った。「地の果てまでもあなたについていきたいという気持ちがないのに、スパイとして捜査に協力するなんて突拍子もない提案を受け入れると思う?」

彼女の言葉はニックのキスに封じられた。これまでも何度かキスをされたことはあるが、今度の口づけは比較にならなかった。それは、すべての抑制を捨てて愛してくれと希《こいねが》うような激しい情熱がこめられたキスだった。「ニック――」彼がようやく唇を離したとき、パイパーは息もできないほどだった。「だめよ、こんなところでは。どんなにあなたを愛しているか、伝えられないわ」

ニックは唇をパイパーの顔や首や髪にすべらせた。「とっておきの場所がある。おいで、愛する人《アモラーダ》」

それから四日間、空港の簡易ベッドとさほど変わらないオリヴィエ号のベッドの下段で、パイパーはどこで寝たのかも、なにを食べたのかも、まったく意識になく過ごした。

覚えているのは、自分がニックの腕の中で、気が遠くなるほど愛されたということだけだ。

「今朝はなにかしたいことがあるかい？」ニックは目を覚ますと、パイパーの耳たぶをやさしく噛《か》んでささやいた。

パイパーが新婚の夫について学んだことが一つある。彼が何事においても熱心で意欲的だということだ。まるで、家中のだれよりも早く起きてクリスマスプレゼントを見に階段を駆けおりていく子供のように。

人生に、愛に、これほどの情熱を傾けられるこの男性のことが、パイパーは大好きになっていた。どれほど彼女を愛しているかを、彼は言葉や行動で常に示してみせた。

「ええ、あるわ」

「なんだい？」

「これと同じような船を私たち用に一隻買いたいの。長い間この船を取りあげて、リュックとオリヴィアに申し訳ないわ」

「ジェノヴァ空港を出てから、僕もずっと同じことを考えていた。マルベリャに戻ったら、さっそく買おう」

パイパーは瞳を輝かせた。「ああ、楽しみだわ！もう船の名前も考えてあるの。ドンファン号よ」

ニックは声をあげて笑った。「それは却下だ。船の名はゴールデン・ドルフィンで決まりだよ」

いい名前だと思ったが、パイパーはわざと言った。

「いいえ、ドンファン号よ」

「だめだ」

「私たちの最初の喧嘩《けんか》ね」

「いや、僕らはこれまでにも山ほど言い争いをしてきた。少なく見積もっても、これは二百回目の喧嘩だな」

「ベッドで仲直りできるなら、私は何回だってかまわないわ」

「大胆なことを言うね、セニョーラ・デ・パストラーナ。愛しているよ」ニックは、パイパーのシルクのような輝きを放つ豊かなブロンドの髪に顔をうずめた。

「新居で料理や掃除をしたりするのが待ちきれないわ。あれこれあなたの世話をやきたいの」

ニックの笑い声がさらに大きくなり、狭い船室に響き渡った。「どっちの家を新居にしようか」

パイパーは顔を上げた。「どっちって？」

「マルベリャの家とロンダの家だよ」

「マルベリャの家？　あそこに帰ってもいいの？」パイパーは目をぱちくりさせた。

「そうだ《シ》よ、僕の奥さん《ミ・エスポーサ》」ニックは、つんと上を向いたパイパーの鼻先にキスをした。「僕は父とローマで和解したんだ。ニーナの事故が実は仕組まれたものだったと聞き、父はもう少しで息子や甥《おい》まで失うところだったと知った。それですっかり気持ちを入れ替えて、僕ら親子は新たな関係を築くことができたんだ。本来なら、もっと前にそうしているべきだったんだが」

「よかったわね、ニック」

ニックはうなずいた。「父は言ってたよ。自分がもう少し若くて、まだ母に会う前だったら、争ってでも君を射止めようとしただろうって」

「まさか！」

「いや」ニックは急に真剣な口調になった。「父はもうダッチェス家の三姉妹のとりこだよ。とくに、絵の才能に恵まれた君のね」

「あなたとお父様が仲直りできて、本当にうれしいわ」

「僕もだ。あのままでは、父は自分の孫を抱く喜びも味わえなかっただろう。もしかしたら、父にはもう三人の孫ができているかもしれない。といっても、そのブロンドの女の子たちはまだとても小さくて、生命を宿してからせいぜい四日くらいしかたっていないけどね」

「三人?」パイパーは驚いて声をあげた。今の今まで、自分が三つ子を身ごもる可能性など考えてみたこともなかった。

「ああ。父は、アンダルシア中のお祖父《じい》さんたちの羨望《せんぼう》の的になるだろう」

パイパーはにっこりした。「そして、あなたは世界中で一番、睡眠不足でげっそりやつれた父親になるわけね。でも、三つ子といっても、全員女の子とは限らないわよ。男の子三人とか、女の子と男の子の組み合わせかもしれない」

ニックはパイパーを強く抱き締めた。「どうなるにせよ、最高にうれしいことに変わりはない。君は僕の一生の恋人なんだから、パイパー。こんなふうに君とついに一緒になれて、二人ですばらしい未来を語り合えるなんて、まるで夢のようだよ」

パイパーはさらに体をすり寄せた。「ねえ、一つとっておきの秘密があるんだけど、知りたい?」

「もちろんだ」

「姉たちとヨーロッパ旅行に出かけると決めたとき、ダッチェス家のペンダントを身につけていこうと言いだしたのは、実は私なの。もしあのとき、あれをつけていかなかったらと思うと——」

「そんなことを考えるのはよそう」ニックはパイパーの言葉をさえぎった。「想像もしたくない。君と出会っていない人生なんて、星の輝きのない夜空、空気のない地球、キスする唇も、情熱に燃える心もないわびしい世界と同じだよ。わかるかな?」

「ええ、とっても。さあ、私を愛してちょうだい。たっぷりと」

「言われなくてもそうするつもりさ」

「まあ、ニック——」

とっておきの、ときめきを。
ハーレクイン

期限つきの花嫁

2005年12月5日発行

著　　者	レベッカ・ウインターズ
訳　　者	真咲理央（まさき　りお）
発 行 人	スティーブン・マイルズ
発 行 所	株式会社ハーレクイン 東京都千代田区内神田 1-14-6 電話 03-3292-8091（営業） 03-3292-8457（読者サービス係）
印刷・製本	凸版印刷株式会社 東京都板橋区志村 1-11-1
編集協力	株式会社風日舎

造本には十分注意しておりますが、乱丁（ページ順序の間違い）・落丁（本文の一部抜け落ち）がありました場合は、お取り替えいたします。ご面倒ですが、購入された書店名を明記の上、小社読者サービス係宛ご送付ください。送料小社負担にてお取り替えいたします。ただし、古書店で購入されたものについてはお取り替えできません。
®とTMがついているものはハーレクイン社の登録商標です。

ISBN4-596-21794-7 C0297

ハーレクイン・イマージュ特集

やさしく穏やかなストーリーで読者の皆さんから愛されているハーレクイン・イマージュ。クリスマスシーズンから早春にかけては、人気の大物作家たちの作品が続々登場します。寒さも本番を迎えた冬の夜、あたたかな言葉に彩られたロマンスの世界をお楽しみください。

クリスマスに訪れた3つのハッピーエンド

イブの朝、アマベルのもとにプレゼントが！

『聖夜に祈りを』I-1793　12月5日刊行
ベティ・ニールズ作

嵐の夜、アマベルが営む小さな宿《B&B》に、医師のオリヴァーが宿泊客として訪れ、なごやかなひとときを過ごす。その後もときおり宿を訪ねるオリヴァーと親しくなるが、クリスマスプレゼントを渡された直後、彼の婚約者と名乗る女性が現れ……。

クリスマスには、あきらめかけた恋がよみがえる?!

RITA賞受賞作品

『天使たちの休日』I-1790　12月5日刊行
ジェシカ・ハート作

シーアは、姪と出かけた休暇先で娘連れのやさしい男性リースに会う。少女たちは仲良くなり、シーアもリースに惹かれるが、彼は離婚のせいで心に傷を負っていた。会えなくなって数カ月後、姪にせがまれた場所へ行くと……。少女二人のキューピットぶりも必見です。

メーガンは別れた夫とクリスマスを過ごすことに……。

『奇跡が起こる日』I-1792　12月5日刊行
マーガレット・メイヨー作

メーガンは、仕事ばかりで家庭を顧みない夫ルイジに絶望し、妊娠していることも告げずに家を出てしまう。それから三年後、娘と暮らすメーガンのもとに消息をつかんだルイジが現れ、クリスマスを一緒に過ごそうと迫ってきた！

Image

ハーレクイン・イマージュの大作家作品が続々登場します。お見逃しなく！

恋愛に失望していたエイヴァリーがセクシーな彼の虜に！

1800号記念号

『噂の関係』I-1800 **1月5日刊行**
キャサリン・ジョージ作

恋愛はもうこりごりと思っていたエイヴァリーだったが、友人と行ったホテルのバーで信じられないほどセクシーな男性ジョナスと出会い、思わずデートの約束をする。度重なるスキャンダルに巻き込まれながら、いさかいと仲直りを繰り返す二人の恋の顛末は!?　実力派キャサリン・ジョージが描く、ハーレクイン・イマージュ1800号記念にふさわしい力作です。作家メッセージ付き。お楽しみください！

キャサリン・ジョージ

1984年に日本デビューを果たして以来、繊細で情熱的な作風で不動の地位を築いてきた人気作家。22歳でエンジニアの夫と結婚し、夫の仕事の関係で9年間ブラジルで暮らした経験が、作品にも反映されているという。幼いときから読書好きだった彼女が小説を書くきっかけとなったのは、夫の「自分でも小説を書いてみたら」のひと言だったとか。現在、長年連れ添った夫と愛犬とともにイギリスに暮らす。

片田舎に住む私が、華やかな彼とつりあうはずはない。

『The Vengeance Affair（原題）』I-1804 **2月5日刊行**
キャロル・モーティマー作

キャロル・モーティマー

ハーレクイン・シリーズで最も愛されているベテラン作家の一人。14歳のころからロマンス小説に傾倒していたという。執筆中で一番楽しいのは、ヒロインとヒーローの性格を考えるときで、作品が仕上がっても登場人物と離れがたくなってしまうとか。現在、“イギリスで最も美しい場所”マン島に夫と子供たちと暮らす。